Das Buch

Im bürgerlichen Leben heißt sie Raquel Pacheco – beruflich ist sie Bruna Surfistinha, »die kleine Surferin«. Tatsächlich reitet sie ohne Hemmungen auf den Wellen der Lust – schon als Schülerin, vor allem aber als Callgirl in Brasiliens Metropole São Paulo. In ihrem Lebensbericht erzählt sie von ihrer frühzeitigen Hingabe an alle Dimensionen der Erotik und ihrem Aufbruch aus der familiären Geborgenheit – vor allem aber schildert sie unverblümt und prägnant ihre prickelnden Erfahrungen aus ihrer Laufbahn im Rotlichtmilieu …
Die authentische Lebensbeichte einer wahren Nymphomanin – ergänzt durch professionelle Tipps für ein erfülltes, knisterndes Sexleben.

Die Autorin

Raquel Pacheco, geboren 1984, lebt in São Paulo. Unter ihrem Künstlernamen Bruna Surfistinha arbeitete sie drei Jahre als Prostituierte und kurzzeitig auch als Pornodarstellerin. Heute studiert sie Psychologie. Ihr Online-Tagebuch, das sie während ihrer Zeit als Callgirl zu führen begann und in dem sie ihre täglichen Erlebnisse veröffentlichte, wurde eine der meistbesuchten Websites Brasiliens. *Das süße Gift des Skorpions* wurde in Brasilien ein phänomenaler Bestseller, erscheint weltweit in zahlreichen Übersetzungen und wird zurzeit verfilmt.

Raquel Pacheco
alias
Bruna Surfistinha

DAS SÜSSE GIFT DES SKORPIONS

MEIN LEBEN ALS BRASILIANISCHE SEXGÖTTIN

In Zusammenarbeit mit Jorge Tarquini

Aus dem Portugiesischen
von M. Monteflor

Ullstein

Besuchen Sie uns im Internet:
www.ullstein-taschenbuch.de

Umwelthinweis:
Dieses Buch wurde auf chlor- und säurefreiem Papier gedruckt.

Deutsche Erstausgabe im Ullstein Taschenbuch
1. Auflage März 2007

Titel der brasilianischen Originalausgabe:
O doce veneno do escorpião (Panda Books, São Paulo)
Umschlaggestaltung: Büro Hamburg
Titelabbildung: Carol do Valle
Satz: Pinkuin Satz und Datentechnik, Berlin
Gesetzt aus der Berkeley und Univers light
Druck und Bindearbeiten: Ebner & Spiegel, Ulm
Printed in Germany
ISBN 978-3-548-36919-8

Inhalt

Prolog

Ein wunderschöner Morgen. Ich weiß nicht, warum, aber wenn an einem kalten Tag die Sonne scheint, passiert irgendetwas in mir. Dieses helle Licht am blauen Himmel, das gar nicht richtig wärmt, weckt in mir ein Gefühl der Unwirklichkeit, so als würde ich mit offenen Augen träumen. Diese Sonne war das Erste, was ich sah, als ich an jenem Tag um zehn Uhr morgens erwachte. Gleich darauf wich die traumhafte Verzauberung der Realität mit all ihren beunruhigenden Zweifeln: Entsprach mein Plan wirklich dem, was ich für mein Leben wollte? Ich wusste, dass mein Vorhaben, wegzugehen, definitiv war. Es gab kein Zurück, weder für mich noch für meine Eltern.

Ich stopfte ein paar Klamotten in meinen Schulrucksack – mit einem Koffer konnte ich schließlich schlecht aus dem Haus gehen. Beim Durchwühlen des Kleiderschranks betrachtete ich sehnsüchtig jedes Kleidungsstück und bedauerte, nicht alles mitnehmen zu können. Ich packte nur ein paar Höschen, eine Garnitur Nachtwäsche, ein T-Shirt und einen dünnen Pullover sowie ein paar Bikinis zum Arbeiten ein. Zusammen mit dem, was ich am Körper trug, und der Jacke, die ich überziehen wollte, war mein Gepäck vollständig. Mein Kätzchen schaute mir beim Packen zu, ließ sich aber nicht in den Rucksack stecken. »Na gut«, dachte ich, »noch etwas, was ich zurücklassen muss, außer meinen Markenklamotten, meinem Zimmer und meinen Erinnerungen.«

Ich ging ins Wohnzimmer, setzte mich an den Esstisch und tat, als machte ich Hausaufgaben. Dabei beobachtete ich meine Mutter, die schweigend in der Küche stand, mir den Rücken zuwandte und etwas zu essen zubereitete. Ich musste zugeben, dass sie das nicht verdient hatte, was ich ihr antat. Ich dachte daran, dass sie in kurzer Zeit zwei Töchter verlor, denn meine ältere Schwester, die auch meine Patentante war, hatte im Internet einen Amerikaner kennengelernt und war in die USA gezogen, um dort zu heiraten – sie würde nie mehr zurückkommen.

Ich war einerseits euphorisch, andererseits traurig. Als ich meine Mutter so sah, eine Frau, die ihr eigenes Leben aufgegeben hatte, um zu heiraten und sich um den Haushalt und die Kinder zu kümmern, sogar um mich, die ich nicht ihre leibliche Tochter war, wollte ich ihr am liebsten alles erzählen, ihr zeigen, dass mein Entschluss nichts mit ihr zu tun hatte, sondern allein mit mir. Vielleicht trat ich später sogar in ihre Fußstapfen, gab meine Unabhängigkeit auf und machte alles genau so, wie sie es getan hatte.

Ohne es selbst zu merken, begann ich, alles, was ich sagen wollte, niederzuschreiben. Ich hatte es mir nicht vorgenommen. Die Worte kamen spontan und waren so ehrlich, wie ich seit langem nicht mehr hatte sein können. Ich dankte meiner Mutter für alles, was sie für mich getan hatte, bat sie um Verzeihung für den Schmerz, den ich ihr verursachte, machte aber auch deutlich, dass ich wegging, um mein Glück zu suchen, wo immer es auch sein mochte. Ich wünschte ihr und meinem Vater, dass sie ohne mich und meine Probleme wieder glücklich sein würden. Dann las ich den Brief noch einmal durch. Er klang wie der Abschiedsbrief eines Selbstmörders. Etwas anderes hatte ich aber nicht zu sagen. In gewisser Weise starb etwas in mir an jenem Tag.

Die Würfel waren gefallen. Ich ließ den Brief auf dem Tisch liegen und nahm meine Mappe und den Rucksack. Ich verließ das Haus wie immer durch die Hintertür. So musste ich an meiner Mutter vorbei, die an der Spüle stand und Gemüse putzte. »Tschüss, Mama.« Sie antwortete mir nicht. Drehte sich nicht um. Ich wusste, dass der Abschied endgültig war. Sie nicht. Ich blieb eine Sekunde in der Tür stehen und schaute zu ihr hinüber. Sie drehte sich nicht um. Heute bereue ich es zutiefst, dass ich nicht den Mut hatte, sie zu umarmen. Ich liebe meine Mutter. Sie hatte ja keine Ahnung. Und drehte sich nicht um. Es kam kein Wort, keine Geste, weder von mir noch von ihr. Dann kehrte ich ihr den Rücken zu und schloss leise die Tür hinter mir. Tschüss, Mama.

Er ist da! Ich bitte ihn nach oben. Während er im Fahrstuhl steht, checke ich die letzten Details: Meine langen Haare sind glatt und seidig, die Haut duftet, der Mund ist zu allen Schandtaten bereit. Im Schlafzimmer wartet das Bett in gedämpftem Licht. Um das Ambiente zu vervollständigen, lege ich eine CD ein (wenn der Typ unsympathisch ist, bevorzuge ich leichte Balladen oder Techno, um die Stimmung zu heben; ist er nett, ziehe ich Romantisches vor). Ich trage einen superkurzen, provozierenden Rock und ein Top, das meine Brüste betont. Alles leicht auszuziehen. Außerdem Sandalen mit schwindelerregenden Absätzen. Nicht dass es mir etwas ausmachen würde, klein zu sein – es ist Teil meines gewissen Etwas.

Er klingelt. Ich mache auf. Er tritt ein und stellt sich vor, denn er ist zum ersten Mal bei mir. Es ist zwar nicht nötig, aber auch ich nenne meinen Namen. Dann nehme ich ihn bei der Hand und ziehe ihn zum Sofa. Die Unterhaltung beginnt wie zwischen zwei Verliebten, wird aber sehr schnell obszön.

»Heute will ich dich mal richtig rannehmen, von hinten.«

»Willst du meine Muschi oder meinen Arsch?«

»Ich will alles«, flüstert er mir ins Ohr, während er seine Hand auf meinen Schenkeln spazieren führt.

Sein keuchender Mund streift meinen Nacken. Er hat einen Stoppelbart, und ich spüre mit meinen Händen zwischen seinen Beinen, wie sich dort die Welt versteinert. Mit einem Handgriff zieht er mir das Top nach unten und meine Brüste springen hervor. Er packt sie fest, aber zärtlich, wie jemand, der ein neues Spielzeug entdeckt. Meine Brustwarzen werden hart von der frechen Zunge, die immer wieder um sie herumfährt. Ich spüre seinen heißen Atem. Er leckt eine Brust, dann die andere, dann schiebt er beide mit den Händen zusammen und will sie auf einmal in den Mund nehmen wie ein gieriger kleiner Junge. Im Durcheinander eilig ausgezogener Kleidung streift er mein Höschen ab und fährt mit dem Mund bis zu meinem Bauchnabel. Er hält inne und sieht mit anzüglichem Blick zu mir auf.

»Willst du, dass ich dich lecke?«

»Ja.«

»Jetzt oder später?«

»Wie du meinst… deine Zunge gehört dir.«

»Aber die Muschi dir.«

»Dann will ich jetzt.«

Ich komme wieder und wieder, ohne jede innere Anstrengung. Es ist wirklich gut – und es fing erst an. Wir steigen die kleine Wendeltreppe hinauf, die direkt ins Schlafzimmer führt. Er zieht sich schnell ein Kondom über, um die Feuchtigkeit meiner Muschi zu nutzen, und wir beginnen mit der Missionarsstellung.

»Reite auf mir!«

Zuerst reite ich ihn von vorn, und als er ganz tief in mir drin ist, drehe ich ihm meine Hinterbacken zu. Es dauert nicht lange und er zieht seinen Schwanz heraus und bittet mich, ihm seine Mühen mit dem Mund zu vergelten. Während er zärtlich über mein langes Haar streicht, schnullere ich ihn, bis er kommt.

Wir haben kaum Zeit, ein paar Worte zu wechseln. Immer noch mit dem Mund starte ich eine Wiederbelebungsmaßnahme. Bei einem wilden 69er fängt er an, mit meinem Po zu spielen. Das erregt mich. Ich kann nicht widerstehen und steige über ihn. Als er ganz in meinem Arsch steckt, hebt er mich hoch und setzt mich auf allen vieren vor sich auf den Boden. Am Ende bittet er mich, noch einmal in meinem Mund kommen zu dürfen. Ich gewährte es ihm. Die CD ist fast gleichzeitig mit unserer zweiten Halbzeit zu Ende. Game over – das Ende der CD ist das Zeichen, dass seine Stunde bei mir abgelaufen ist. Er kann duschen, wenn er möchte, zahlt die am Telefon verabredete Summe und …

»Bis bald.«

Ohne Groll. Die Schlange rückt vor. Der Dienst ist geleistet und die Zahlung (die ich diskret hinter seinem Rücken überprüfe) getätigt. Er ist der erste Kunde an diesem Tag. Fünf liegen noch vor mir. Bei weniger als einer Stunde und einer Dusche zwischen einem Kunden und dem nächsten kann ich mich kaum erholen. Ich mache lieber alles auf einmal, um mein persönliches tägliches Soll von fünf bis sechs Nummern zu erfüllen und dann so schnell wie möglich frei zu haben. Heute funktioniert die Zeitplanung. Wenn ich oder der Kunde sich allerdings verspäten, muss der nächste unten in der Eingangshalle warten.

Das Ritual der Checkliste von Körper und Schlafzimmer, sobald das Haustelefon klingelt, ist immer dasselbe. Der zweite Kunde heute ist einer dieser schüchternen Vertreter, die du an die Hand nehmen und anleiten musst. Es läuft geradezu mechanisch. Bei ihm schaffe ich es nicht bis zum Höhepunkt – wir machen es, ohne wirklich zu entspannen.

Der dritte, ein übermütiger Bengel, hat die Energie (und die Eile), mich gleich dreimal zu besteigen. Ich kenne ihn schon und nenne ihn insgeheim den »Rammler«. So schnelle Nummern lassen mir gar keine Zeit, zu kommen. Macht nichts – immerhin verstehen wir uns gut und reden viel.

Der vierte Kunde bringt seine Freundin für einen

flotten Dreier mit. Eine sehr interessante Frau – und eine, die weiß, worauf es ankommt. Sie ist nicht hübsch, törnt mich aber an. Würden wir beide uns nicht zusammenreißen – er bliebe auf der Strecke. Natürlich lasse ich es nicht so weit kommen … Während sie mich leckt, vögelt er mich. Als ich komme, liegt das allerdings nicht an seiner Kunst, sondern an ihrer.

Der fünfte Kunde ist von der Art »Mann zum Heiraten«. Er bringt eine Zitronentorte mit – sehr lecker. Wir sind uns sehr sympathisch, auch wenn es nicht wirklich knistert. Ein Typ in den Vierzigern, dem etwas gelingt, was ich noch nie zuvor erlebt habe: Er kommt, ohne dass ich seinen Schwanz auch nur berührt hätte, während ich seine Eier lutsche. Nachdem ich kurz auf ihm geritten bin, geht die zweite Halbzeit damit zu Ende, dass er in meinem Mund abspritzt.

Der sechste und letzte an diesem Tag will, dass ich ihn in einen Swingerclub mitnehme, ins *Marrakesch*. Er sei noch nie in so einem Laden gewesen. Noch einer also, den ich vom Weg der Tugend abbringe …

Die Nacht ist lau und ich habe seit langem kein Kleid mehr getragen. Also wähle ich eines, das kaum mehr ist als ein winziges Stückchen Stoff: vorn mit einem Riesenausschnitt und unten so kurz, dass es gerade mal Po und Scham bedeckt … Dazu ziehe ich Sandalen an, die an der Wade geschnürt werden. Ich will alle Blicke auf mich lenken, was mir auch gelingt. An diesem Abend bin ich die Sexbombe des *Marrakesch*. Aber mein Begleiter schafft es auch nach ein paar Drinks und Tänzen nicht, in Orgienstimmung zu kommen. »Ich kann mich nicht entspannen bei so vielen bumsenden Leuten«, klagt er.

Wir steuern den einzigen Raum an, den Männer ohne Begleitung betreten dürfen. Ich setze mich auf ein leeres Sofa, und er beginnt, mich zu lecken. Wie aus dem Nichts tauchen gleich ein paar Typen auf. Zwei setzen sich an die Enden des Sofas, zwei weitere bleiben stehen und schauen zu. Als mein Begleiter das bemerkt, schreckt er auf. Wir gehen in ein Separee. Da die Chemie zwischen uns stimmt, habe ich gar kein Bedürfnis nach einem Partnertausch. Er auch nicht. Wir treiben es die ganze Nacht: französisch, spanisch, griechisch …

Immer wenn ich in einen Swingerclub gehe, erregt mich die Möglichkeit, bei einem Partnertausch auf eine interessante Frau zu treffen. Heute sind – zum Glück für meinen Kunden – nur ältere Semester da. Nichts gegen sie, aber sie machen mich einfach nicht an. Aber auch wenn ich diesmal selbst keine Muschi geleckt und keinen Partnertausch gehabt habe, hat sich die Nacht gelohnt. Erst um halb sechs Uhr morgens bin ich wieder zu Hause.

Frenetische Ficks, Orgien, täglich mehrere Männer (und Frauen), endlose Nächte. Was für viele Mädchen im Sturm-und-Drang-Alter erregend sein kann, ist für mich Routine – denn genau so sieht schon seit drei Jahren mein Arbeitsalltag aus. Bei einer Fünftagewoche mit einem Durchschnitt von fünf Nummern täglich kann man sich leicht ausrechnen, wie oft ich es schon für Geld gemacht habe. Und selbst wenn ich dabei noch so oft auch selbst komme, bleibt es trotzdem Arbeit. Eine Arbeit, die ich gewählt habe, als ich keine andere Wahl hatte … Na ja, das ist eine lange

Geschichte. Meine persönliche – und die von Bruna. Denn wir sind zwei: zwei verschiedene Geschichten in einem einzigen Mädchen.

Raquel, das Mädchen – Bruna, die Frau

Ein Unbekannter. Ich tanzte gerade allein, als er mich an sich zog und küsste. Meine erste Diskonacht. Ich fragte ihn noch nicht einmal nach seinem Namen. Zum ersten Mal war ich ausgegangen wie eine Erwachsene. Endlich Freiheit, mit 13, fast 14 Jahren. Vor knapp einer halben Stunde war ich angekommen. Mein erster Kuss. Mitten auf der Tanzfläche noch gingen wir vom Küssen zum Fummeln über. Und dann, ganz plötzlich, ließ er mich stehen. Alles geschah einfach so, ohne Gefühle und ohne ein einziges Wort zu wechseln.

An jenem Abend knutschte ich noch mit zehn weiteren Jungen. Einer reichte nicht: Es mussten mehrere sein, um mich zu befriedigen. Raquel erwachte für den Sex.

Ein Unbekannter. Obwohl ich nervös war, stellte ich mich mit einem Spruch vor, den ich gerade eben erst eingeübt hatte: »Ich bin Bruna. Ich tu's oral, vaginal und anal.« Ich schloss mit meinem falschen Alter, »18 Jahre«, nicht ahnend, dass normalerweise keines der Mädchen sein Alter ungefragt kundtut.

Niemand durfte wissen, dass das mein erster Abend als Hure war. Ich war erst vor einer halben Stunde von zu Hause aus- und in mein neues Domizil eingezogen. Mein Debüt mit 17 Jahren. Ich wollte diesem Fremden nicht sagen, dass ich es noch nie für Geld gemacht hatte.

Er entschied sich auf der Stelle für mich. Ich wollte im Boden versinken, flüchten, zurücklaufen zu meinen Eltern. Stattdessen gingen wir aufs Zimmer. Ich dachte an meine Mutter. Jetzt befummelte mich ein Fremder und wollte ohne Gummi vögeln. »Bestimmt ein armes Schwein …« Ich wollte mich nicht länger angrabschen lassen. Nachdem er Gynäkologe mit mir gespielt und seinen Finger in mich gesteckt und beschnüffelt hatte, um zu sehen, ob alles »in Ordnung« sei, bumste er mich mit Gummi. Ich dachte währenddessen nur: »Ich nehme das Geld von diesem Typen und gehe wieder zurück nach Hause. Es ist noch nicht zu spät, ich kann noch immer aufgeben und gehen.« Aber dann habe ich an diesem Nachmittag sechs Nummern geschoben, bin nie wieder nach Hause zurückgekehrt und habe meine Eltern nie wiedergesehen. Bruna war für den Sex geboren.

Nur drei Jahre liegen zwischen diesen beiden Momentaufnahmen, die so weit voneinander entfernt scheinen. In der ersten wurde aus dem braven, behüteten und gehätschelten Töchterchen eine enthemmte und skrupellose Jugendliche. Ich hatte das Küssen oft geübt: am Badezimmerspiegel, an Apfelsinen, am Arm, immer im Vertrauen auf die Tipps in den Mädchenzeitschriften. In echt war es viel besser. In der zweiten Momentaufnahme fand ich zwischen meinen Beinen den Schlüssel zu Freiheit und Broterwerb, auch wenn das bedeutete, mein Alter zu verschweigen und für hundert Real pro Nummer, von denen ich vierzig als Gewinn für mich behalten durfte, das umzusetzen, was ich zuvor bei sechs Anlässen mit meinem damaligen Freund und mit einer Gelegenheitsliebe erprobt hatte.

Auf der Tanzfläche des *Kripton* wurde ich jede Nacht unersättlicher. Ich trug superkurze Röcke, um die Sache denen zu erleichtern, die das befingern wollten, was auch im Dämmerlicht nicht zu zeigen erlaubt war. Dass ich nicht gleich an Ort und Stelle bumste, dass ich nicht mitten auf der Tanzfläche meine Jungfräulichkeit verlor, lag nicht an mangelnden Gelegenheiten. Die Lust, die ich empfand, den Penis des Jungen zu spüren, der wegen mir in der Hose hart geworden war und mich hier und da streifte, machte mich fast zügellos. Fast ...

Ich zog viele Reißverschlüsse von Jungenhosen noch auf der Tanzfläche auf, schob den Slip herunter und holte den Penis heraus, um damit zu spielen. Ich hatte nicht die geringste Ahnung, wie man einem Mann einen wichst, bis einer von ihnen mich genau mit diesen Worten darum bat. Da musste ich zugeben, dass ich nicht wusste, wie das geht. Es war mir sehr peinlich. Wir lehnten neben der Tanzfläche an der Wand, er lachte anzüglich, nahm geduldig meine Hand und zeigte mir die Bewegung. Von da an machte ich es nur dem nicht, der es nicht wollte. Es ist phantastisch, einen Mann verrückt zu machen, ihn zum Höhepunkt zu bringen. Ich begann, allen meinen Tanzpartnern einen runterzuholen.

Niemand um uns herum bemerkte es, auch weil viele mit dem Gleichen beschäftigt waren. Ich habe sogar viele Paare gesehen, bei denen es auf den Sofas richtig zur Sache ging. Mit den Wachmännern des Lokals gab es keine Probleme: Wenn sie ein etwas zu stürmisches oder exhibitionistisches Paar erwischten, baten sie nur um etwas mehr Zurückhaltung.

Ich habe in der Disko aber nie wirklich gebumst. Es gab viele Gelegenheiten, aber mir fehlte der Mut. Meine Jungfräulichkeit wollte ich außerdem mit einem besonderen Mann verlieren. Ich bin romantisch. Nicht dass mich das davon abgehalten hätte, den Jungs nach und nach zu erlauben, mich immer intimer zu berühren. Unter dem Rock zog ich mein Höschen ein bisschen herunter und wurde schon durch die Hände zwischen meinen Schenkeln und an meiner Pussy klitschnass. Ich dachte, das sei der Orgasmus. Erst später entdeckte ich, dass er viel mehr ist, viel, viel mehr – und viel, viel besser.

Mehrmals war ich jedoch jetzt schon kurz davor. Zweimal stieg ich zu einem Jungen ins Auto, wir zogen uns aus, taten alles nur Erdenkliche, und ich ging so weit, wie ich konnte. Und das war schon sehr weit. Aber wenn es ernst wurde und der Moment kam, penetriert zu werden, bekam ich Angst und zog mich zurück.

»Ich muss nach Hause.«

»Jetzt, wo wir gerade mittendrin sind?«

»Mein Vater kommt mich gleich abholen.«

»Der wartet«, sagte mein Begleiter, dessen hartes Rohr schon aus der Hose ragte und dessen Hände mir vorkamen wie zwei Kraken mit langen Tentakeln.

»Es geht nicht.«

»Aber du bist schon so gut wie nackt und wir haben fast alles gemacht. Nur die Hauptsache fehlt noch …«

»Die wird auch weiter fehlen. Tut mir leid.«

Ich fand immer einen Vorwand, um zu verschwinden.

Für die Jungen, die älter als ich und schon volljährig waren, wäre ich einfach nur »noch eine« gewesen. Und das wollte ich nicht. Ich hätte mich ausgenutzt gefühlt. In meinem romantischen Hirn war noch ein Rest Vernunft übrig geblieben. Bumsen, um den Typen dann nie wiederzusehen? So stellte ich mir mein erstes Mal nicht vor. Ganz abgesehen von der Angst vor dem Schmerz und dem Blut, wovon in den Mädchenzeitschriften zu lesen war. Ich dachte, das Blut würde nur so fließen.

Im Grunde war ich wirklich unerfahren. Einerseits mochte ich nicht zugeben, dass ich noch Jungfrau war. Andererseits fehlte mir der Mut, einen Gummi einzufordern, und ich hatte Angst, dass es mir so ergehen könnte wie einer Freundin, die mit 15 schwanger geworden war und nicht wusste, von wem. »Mama, wer ist mein Papa?« – »Ich weiß es nicht, Schätzchen …« Gerade ich wusste sehr gut, was diese Art von Dialog bedeutete.

An meinem ersten Tag im Puff wollte ich vor allem nicht, dass jemand merkte, wie unerfahren ich war. Ich traf gegen zwei Uhr mittags zu Fuß dort ein. Zu Hause hatte ich alles zurückgelassen, was ich besaß: Mutter, Vater, mein Zimmer, meine Kleidung. Ich hatte nur meine Schulmappe und den Schulrucksack mit den nötigsten Klamotten sowie lauter Bikinis bei mir, die ich an meinem neuen Arbeitsplatz tragen wollte.

Vergebliche Liebesmüh, wie sich zeigte: Kein Mädchen arbeitet im Bikini …

Da mir passende Arbeitskleidung fehlte, lieh ich mir von den anderen Mädchen ein paar grauenhafte Fummel – ausgerechnet ich, die ich immer so viel Wert auf Markenklamotten gelegt hatte, um meine Fettpölsterchen und mein Hässliches-Entlein-Syndrom zu kompensieren. Jetzt musste ich mich mit der neuen Situation abfinden. Ich wusste, eines Tages würde ich mein eigenes Geld haben und mir alles neu kaufen können.

Meiner Chefin Larissa gestand ich als Einziger wenigstens einen Teil der Wahrheit. Sie wollte meinen Personalausweis sehen, sodass ich mein Alter nicht verheimlichen konnte: Ich war erst 17. »Verrat das niemandem!«, warnte sie mich.

Sosehr ich auch versuchte, vor den anderen Mädchen die Erfahrene zu spielen, outete ich mich sofort:

»Unter welchem Namen arbeitest du?«, fragte mich Larissa.

»Raquel«, sagte ich ahnungslos.

»Nutten arbeiten nie unter ihrem richtigen Namen. Hier brauchst du einen anderen.«

»Zu dir passt Bruna«, schoss es aus Mari hervor, die später eine meiner besten Freundinnen wurde.

Ich weiß nicht, warum oder wann es genau anfing, aber schon als kleines Kind hat mich die Vorstellung begleitet, ich sei adoptiert worden. Als ich fünf Jahre alt war, fragte ich meine Mutter danach. Sie bestätigte meinen Verdacht, aber dann traute ich mich nicht zu fragen, was Adoption eigentlich bedeutete. Stattdessen wandte ich mich an die Lehrerin in der Schule, die mir erklärte, Adoptivkinder seien als Babys ausgesetzt worden, weil die Mutter sie nicht behalten konnte oder wollte. Dann suche sich ein Ehepaar ein solches Kind zur Adoption aus. »Es sucht sich eins aus?« Ich fühlte mich wie eine Ware. Auch wenn meine Eltern mich noch so sehr wie ihre leibliche Tochter behandelten, begann ich, innerlich ein Gefühl der Ablehnung zu entwickeln, das ich aber für mich behielt. Ein Kind kam doch aus dem Bauch seiner Mutter! Erst viel später, vielleicht zu spät, begann ich zu akzeptieren, dass das auch anders sein kann.

Ich versuchte, so gut es ging mit dieser Situation zu leben, denn immerhin hatte ich ja eine richtige Familie. Aber eigentlich musste man bemerken, dass ich ganz anders aussah als meine älteren Schwestern und meine Mutter. Meine Mutter ist ein europäischer Typ mit heller Haut, dunklen Haaren und Augen und feinen Gesichtszügen. Wir sind uns nur in der Körpergröße ähnlich: Sie ist so klein wie ich. Manchmal haben wir sogar Kleidungsstücke getauscht, zum Beispiel Winterjacken. Aber da hören die Ähnlichkeiten auch schon auf. Im Gegensatz dazu sind meine beiden Schwestern das Abbild meiner Mutter.

Ich hatte sogar einen Onkel, der sich weigerte, mich als seine Nichte zu betrachten. Gegenüber denjenigen, die meinen Vater nicht kannten, lautete die Erklärung immer: »Sie sieht aus wie ihr Vater.« Was für ein Blödsinn: Mein Vater ist 1,92 m groß, dick, hellhäutig ... Um mich vor Ausgrenzungen und Angriffen zu schützen, log meine Mutter Unbekannte an und erfand irgendeine Geschichte.

Wie neidisch war ich auf meine Freundinnen, die ihren

Eltern, ihrer wirklichen Familie ähnlich waren! Aber statt auf meine biologischen Eltern wütend zu sein, traf es meine Adoptiveltern. Wenn wir uns stritten, redete ich sie mit Onkel und Tante an. Meine arme Mutter … Aber ich war weder reif noch innerlich gefestigt genug, um mit der Situation fertig zu werden.

Als ich sieben war, also 1991, kehrten wir an den Ort zurück, aus dem sowohl ich als auch meine Adoptivfamilie stammten. Mein Vater hatte einen Unfall gehabt und konnte nicht mehr arbeiten. Er hatte sich in der Garage gebückt, um etwas aufzuheben, und war beim Aufrichten an einen tief hängenden Deckenbalken gestoßen. Dabei hatte er sich wohl eine Gehirnverletzung zugezogen – Genaueres wusste ich nicht. Erst als ich ihn zum ersten Mal ohnmächtig im Wohnzimmer liegen sah, ahnte ich, wie schlimm es ihn erwischt haben musste. Als meinem Vater auf dem Höhepunkt seiner Karriere als Jurist klar wurde, dass er nicht mehr arbeiten konnte, bekam er Depressionen, und meine Eltern hielten es für die beste Lösung, aufs Land zu ziehen.

Auch wenn diese Zeit aufgrund des Zustands meines Vaters schwierig und voller Spannungen war, kann ich mich nicht beklagen: Ich wurde, wann immer möglich, vor den Sorgen abgeschirmt und spielte viel, auch mit meiner Mutter und manchmal sogar mit meinem Vater. Er hängte im Garten einen Basketballkorb zwischen die Obstbäume, und ich verbrachte Stunden damit, zu trainieren und davon zu träumen, eines Tages Profisportlerin zu werden. Bei meiner Größe würde das für immer ein Traum bleiben …

Für mich waren alle Nutten São Paulos in der Rua Augusta versammelt. Schon häufig war ich dort vorbeigekommen, auch mit meinen Eltern. »Guck mal, die Nutten da!«, rief immer irgendwer. »Wie kann eine Frau nur so tief sinken?«, fragte ich mich. Prostituierte gab es für mich nur dort, auf dem Trottoir jener hässlichen, schmutzigen Straße und in ihren alten, heruntergekommenen Häusern, wo an den offenen Fenstern stark geschminkte Frauen saßen und die Männer zu sich winkten. Drinnen mussten sie nur die Beine breit machen, darauf warten, dass der Kunde abspritzte, und fertig – das sogenannte »leichte Leben«. Ob es für Callgirls genauso war? Die Zeitungsanzeigen hielten sich diesbezüglich jedenfalls bedeckt. »Willst du, junge Frau zwischen 18 und 25, Geschäftsmänner begleiten und dabei mindestens tausend Real pro Woche verdienen?«

Als ich mich dazu entschlossen hatte, von zu Hause wegzulaufen, kaufte ich in den Wochen davor Zeitungen, um die Kleinanzeigen durchzusehen, und schwänzte Schulstunden, um möglichst viele der entsprechenden Etablissements zu besuchen: Diskos, Privat- und Massageclubs. Ich sah nichts, was der Verkommenheit der Rua Augusta nahegekommen wäre, und erst recht nicht solche abgehalfterten Frauen. Wie das *Bahamas* waren auch die meisten anderen Bordelle geschmackvoll, sogar elegant eingerichtet. Von außen war ihnen absolut nichts anzusehen. Ich war tief beeindruckt. Und die Mädchen sahen aus wie du und ich, ihnen stand nicht »Nutte« auf der Stirn geschrieben und sie lehnten auch nicht im Türrahmen und boten sich den Passanten an.

Ich entschied mich für einen Privatclub in der Alameda Franca. Ich konnte nichts, hatte keine Arbeitserfahrung und keinen Schulabschluss. Es würde also seinen Preis haben, von zu Hause wegzukommen – nämlich meine Dienste für diese tausend Real anzubieten. Meine Vorurteile zerstoben, und ich sagte mir: »Dann geht's wohl nicht anders.«

Ich gebe es zu: Auch die Vorstellung, mehrere Männer zu haben, lockte mich. Ich hatte schließlich erst sechsmal mit einem Jungen geschlafen, was ziemlich mechanisch gewesen war, und noch nie im Leben einen Porno gesehen. Dies war also die Gelegenheit, um herauszufinden, wohin der Sex mich bringen würde …

»Genau, mach die Beine richtig breit.«

»Ist es gut so?«

»Lass den Doktor mal diese Spalte untersuchen und nachsehen, ob alles in Ordnung ist.«

Ein Finger, dann ein zweiter, die er anschließend herauszieht und daran schnüffelt.

»Hmm, du hast die Untersuchung bestanden.«

Nach meinem Einstand mit dem »Gynäkologen«, der behauptete, sagen zu können, ob ein Mädchen gesund sei, wenn er an den Fingern roch, die er zuvor in sie hineingesteckt hatte, löste sich die Illusion in Luft auf, »nur die Beine breit machen zu müssen und fertig«. Genau wie der Wunschtraum von den vielen Männern – denn dabei hatte ich mir Männer nach *meinem* Geschmack vorgestellt. Aber die »Schocktherapie«, die nun folgte, war ein guter Test hinsichtlich der Ernsthaftigkeit meines Wunsches nach Unabhängigkeit.

Es war alles andere als angenehm, mit einem Fremden im Bett zu liegen, auch wenn er noch so einfühlsam war. Mein zweiter Kunde war ein alter fetter Japaner. Nie im Leben hatte ich mir vorgestellt, einmal mit so einem Typen ficken zu müssen. Aber er hatte mich ausgesucht und bezahlt. Hätte ich nein gesagt, hätte ich dem Haus das zahlen müssen, was den Kunden die Nummer kostete. So war es ausgemacht. Ich rechnete es mir aus: Um hundert Real zu verdienen, musste ich drei Nummern schieben. Und dabei hatte nicht ich die Wahl, sondern der Kunde.

Nicht umsonst koksen und kiffen in diesem Milieu so viele Mädchen. Auch ich habe gekokst und gekifft.

Der Japaner zog sich aus und ich dachte an das Geld. Eine Stunde stand mir bevor mit ihm. Er war älter als mein Vater! Ich wollte ihn so schnell wie möglich zum Abspritzen bringen, um alles hinter mir zu haben. Wir wechselten ein paar Worte. Sein Glied wurde nicht steif, sosehr ich auch daran nuckelte und rieb. Gefühle, Gerüche, Dinge, die ich nicht wahrnehmen wollte, stürmten auf mich ein. Ich tat vor mir selbst so, als bemerkte ich sie nicht. Der Alte befingerte mich währenddessen überall. Es war widerlich.

Bis heute ekele ich mich vor der einen oder anderen Hand, die mich streichelt. Ich streichele die Kunden, aber mag es selbst nicht immer, gestreichelt zu werden. Und ich vögele nur bei Musik, die mir dabei hilft, abzudriften (abgesehen davon, dass ich die Zeit für eine Nummer nach der Länge einer CD bemesse, wodurch ich die Arbeitsstunde gut kontrollieren kann). Manchmal stelle ich mir einen anderen dabei vor, einen Geliebten. Und ich schaue zur Seite, um die Hand nicht zu sehen, die meine intimsten Stellen befummelt.

Als ich es endlich geschaft hatte, den Pimmel des Japaners steif zu kriegen, zog ich ihm ein Kondom über, setzte mich auf ihn und ritt ihn. Er stieß zu, und es war natürlich alles andere als schön, schlimmer als nur mechanisch.

Ein anderer Kunde brachte mich sogar zum Weinen. Allen, die mich an diesem Tag vögelten, erzählte ich, dass ich zum ersten Mal als Hure arbeitete.

Jeder Mensch schenkt sich etwas, um einen schlechten Tag oder eine schwierige Woche aufzuwiegen. Das ist bei Sexarbeiterinnen nicht anders. »Ich habe es verdient!«, war mein Gedanke. Mit dem ersten Geld, das ich als Nutte zusammenkratzen konnte, habe ich mir ein Handy geschenkt. Das hat mich irgendwie für all die Male entschädigt, die ich meinen Ekel hinunterschlucken musste, um die Nummer nicht abzubrechen.

Es ist komisch, aber ich habe mich nie vor den Typen geekelt, bevor wir im Bett lagen, egal wie sie aussahen, sondern immer erst, wenn wir dort gelandet waren. Und dann auch nicht wegen irgendeines Körperfehlers, einer Narbe oder Ähnlichem (auch wenn ich da meine Vorlieben und Abneigungen habe), sondern wegen – ihres Geruchs. Schlechter Körpergeruch haut mich um. Es gibt Männer, die sich regelmäßig duschen und trotzdem stinken. Oder die mit Mundgeruch – das sind die Schlimmsten. Deshalb sind Küsse eine empfindliche Angelegenheit. Ich küsse nicht jeden. Und es wollen auch nicht alle küssen. Die Anhänglichen küssen am meisten. Leider muss ich manchmal auch küssen, wenn ich keine Lust habe. Dann mache ich es widerwillig, irgendwie. Ich habe keine andere Wahl, es gehört zu meiner Arbeit. Also atme ich tief durch und nehme die Sache in Angriff.

Die rund drei Jahre, die wir auf dem Land verbrachten, gingen ihrem Ende entgegen. Mein Vater hatte sich recht gut von den Folgen seines Unfalls erholt, und meine Eltern waren der Meinung, dass es für meine Schulbildung wichtig wäre, nach São Paulo zurückzukehren. Schließlich käme ich 1995 in die fünfte Klasse. Meine älteste Schwester war aus beruflichen Gründen bereits in einen anderen Ort gezogen, die mittlere lebte in unserer Stadtwohnung. Deshalb kauften meine Eltern im gleichen Stadtteil eine neue Wohnung. Jeder sollte ein Eckchen für sich haben. Sie waren in dieser Hinsicht ziemlich fortschrittlich: Eine Tochter lebte weit weg im Landesinneren, die andere allein in der Großstadt. Wenn es stimmte, dass die älteren Geschwister den jüngeren den Weg ebnen, musste ich mir also wohl keine Sorgen machen.

Durch den Umzug musste ich allerdings meinen Liebling Lunna, eine Boxerhündin, sowie die Weimaranerhündin Fedra und Paco, eine Promenadenmischung, zurücklassen. Aber das Wichtigste, was ich zurückließ, war eine glückliche Kindheit. Sosehr ich die Stadt auch liebte, wurde mir die Rückkehr nach São Paulo doch zur Qual. Meine Eltern fürchteten, ich könnte überfallen oder vergewaltigt werden, und hatten ständig Angst um mich. Also ließen sie mich nicht aus den Augen. Für jemanden wie mich, der in Freiheit aufgewachsen war, der auf der Straße und in einem großen Garten gespielt hatte, war es unerträglich, in einer engen Großstadtwohnung eingeschlossen zu sein. Ich war 11 Jahre alt und wollte die Welt entdecken. Meine Freundinnen gingen bereits shoppen und auf Tanzmatineen, nur ich musste zu Hause bleiben. Da ich nirgendwo hindurfte, begann ich zu lügen, um gehen zu können, wohin ich wollte.

Meine Mutter war allen meinen Bekanntschaften gegenüber extrem argwöhnisch und zeigte dies auch deutlich. Ich durfte keinen Freund haben, und wäre es der perfekteste Junge der Welt gewesen. Und mein Vater war nie ein wirklicher Vater für mich. Nun ja, er hatte diesen Unfall gehabt, war krank, hatte eine glänzende Karriere aufgeben müssen und litt unter furchtbaren Depressionen. Heute ist mir klar, dass seine Aggressivität mir gegenüber auch an den starken Medikamenten gelegen hat, die er einnehmen musste. Damals aber konnte ich ihm das nicht verzeihen.

Meine für die Pubertät typische rebellische Phase, die von der übertriebenen Sorge meiner Eltern ausgelöst worden war, geriet fast außer Kontrolle, es gab nur noch Streit, vor allem mit meinem Vater. Ich dachte ständig daran, von zu Hause wegzulaufen oder nach meinen leiblichen Eltern zu suchen, die mich vielleicht zurückhaben wollten. Wenn sie mich aus finanziellen Gründen weggegeben hatten, sollte es von mir aus keine Probleme geben. Ich würde arbeiten, mich selbst finanzieren.

Die einzige Adresse, die mir auf der Suche nach meinen wahren Eltern helfen konnte, lag in Sorocaba, wo ich geboren und adoptiert worden bin. Doch ich habe nie wirklich angefangen zu suchen.

In São Paulo bin ich auf eine traditionelle, sehr anspruchsvolle Privatschule gegangen und schaffte es mit viel Schweiß und Tränen auch, versetzt zu werden. Allerdings wurde ich der schlechtesten Klasse des neuen Jahrgangs zugeteilt. Alle, die jemals dort gelandet sind, wissen, was für ein Makel das war ... Trotzdem waren meine Eltern stolz auf mich. Auch wenn ich einerseits meine Freiheit wollte, war ich andererseits noch sehr unsicher und voreingenommen und spielte das liebe Töchterchen.

Meine mittlere Schwester, die ja bereits in einer eigenen Wohnung lebte, hatte irgendwann einen Freund, mit dem meine Eltern nicht einverstanden waren. Als meine Mutter dies eines Tages herausgefunden hatte, wurde meine Schwester daraufhin derart gedrängt, die Beziehung zu beenden, dass sie sich mit dem Typen aus dem Staub machte. Ich bekam mit, wie meine Eltern darunter litten, und konnte dem Ganzen nicht gleichgültig gegenüberstehen. Ich war wütend auf meine Schwester und bat Gott täglich darum, das Leid meiner Eltern zu lindern ... Das war wohl das letzte Mal in meinem Leben, dass ich Gott um etwas gebeten habe, und es war noch nicht einmal für mich. Ich danke Gott auch weiterhin für seinen Schutz, aber mehr auch nicht. Ich glaube nicht, dass Gott sonst noch etwas für uns tut. Aber damals wünschte ich, er würde meinen Eltern helfen. Da wusste ich noch nicht, dass ich selbst, hin- und hergerissen zwischen der Missbilligung des Verhaltens meiner Schwester und meinem eigenen Freiheitswunsch, bei dieser Affäre später selbst auf *Replay* drücken würde.

Als die Beziehung, anscheinend auf Betreiben ihres Freundes, am Ende war, kam meine Schwester mit einer schweren Depression nach Hause zurück – sie sprach sogar von Selbstmord. Aber meine Eltern gaben ihr nicht das Gefühl, trotz allem als Tochter geliebt zu sein, es kam kein Trost von ihrer Seite. Stattdessen streuten sie noch Salz in die Wunde, sprachen nicht mit ihr, ja ignorierten sie völlig. Und ich folgte ihrem Beispiel – obwohl ich innerlich meine Schwester am liebsten umarmt und getröstet hätte.

Ich erinnere mich noch an den Tag, an dem meine Mutter ein ernstes Gespräch mit meiner Schwester führte. Ich kannte diesen Gesichtsausdruck schon: Meine Mutter lief rot an, bekam trockene, glanzlose Augen und sprach extrem ruhig, in einem eigenartigen Tonfall, der am Ernst ihrer Worte keinen Zweifel aufkommen ließ. Ihre Stirn legte sich in tiefe Falten, die sich nur bildeten, wenn sie wütend war. Das war schlimmer, als eine Tracht Prügel zu bekommen – auch wenn ich bis dahin nicht einmal einen Klaps hatte einstecken müssen.

Am Ende erkannten meine Eltern allerdings, wie ernst es um meine Schwester stand, und begannen, sie zu unterstützen. Da ging es dann zum Psychiater. Später lief es mit mir genauso. Warum sprachen meine Eltern nicht mit uns? Warum mussten unsere Probleme mit der Hilfe von Fremden gelöst werden? Ich wollte ja reden, aber mit *ihnen*.

Ich will die Erziehungsmethode meiner Eltern nicht kritisieren, denn sie wussten es wohl nicht besser. Aber ich glaube, dass ich das mit meinen Kindern anders machen werde, wenn es so weit ist.

Ich dachte immer, dass das erste Mal für ein Mädchen wichtiger ist als für einen Jungen, aber da habe ich mich geirrt. Und jede weitere »Entjungferung«, für die ich verantwortlich bin, bestätigt mich mehr in dieser neuen

Erkenntnis. Die Jungen scheinen geradezu überwältigt davon, statt einer Zeitschrift mit Nacktfotos eine Frau aus Fleisch und Blut zu berühren, endlich die Konsistenz einer Brust zu entdecken, die Höhle versteckter Lustbarkeiten zu ertasten, die jede Frau zwischen ihren Schenkeln verbirgt, sie zu riechen und zu lecken. Ich spüre, dass einige der Jungen, 13, 14 Jahre alt, vor der Nacktheit zittern. Fast kann ich ihre Gedanken lesen. »Darf ich anfassen?« ist das, was ich meistens von ihnen höre, wenn sie meine Brüste berühren wollen. Oft sind ihre Hände eiskalt. In der Luft liegt die Angst vor dem »Versagen« oder dem Vergleich mit den Penissen anderer Männer. Oder davor, es vor Ungeduld nicht mehr auszuhalten und zu kommen, ohne das zu Ende zu bringen, was gerade erst begonnen wurde. Ich führe und lehre sie, mache manches vor und fühle mich dabei als jemand Besonderes. In gewisser Weise werde ich für immer im Gedächtnis eines jeden dieser Jungen bleiben, die genauso Kind waren wie ich selbst damals.

Da in der Nähe des Etablissements, in dem ich gearbeitet habe, eine Schule liegt, kann man sich leicht ausrechnen, wie viele Jungfernschaften auf Nimmerwiedersehen hinter unserer Haustür verschwanden … Die Jungen kamen in Cliquen. Da Minderjährigen der Zutritt verwehrt wurde (obwohl ich selbst schon dort arbeitete), riefen sie von einer Telefonzelle aus an, um sich zu vergewissern, dass keine Polizei im Anmarsch war. Dann tauchten sie hordenweise auf, verhielten sich allerdings respektvoll und ruhig. In ihren blauen Trainingshosen mit gelben Streifen und dem T-Shirt mit aufgedrucktem Schulnamen sahen sie erst recht

Und einige von ihnen stellten sich als glänzende Schüler heraus.

Ich meinerseits mochte es, den Jungen ganz langsam die Schuluniform auszuziehen. Es war leicht, die Trainingshose herunterzuziehen, die sich zwischen den Beinen deutlich wölbte. Ich fasste ihren steifen Schwanz an, wollte aber nicht, dass sie kamen, bevor etwas passiert war. Wegen ihrer Ungeduld ist dieses Risiko beim ersten Mal immer groß. Dann fing ich an, ihn zu lecken, damit sie sich etwas entspannten. Ich glaube, dass sie das mehr genießen, als richtig zu bumsen. Ja doch, sie lieben es. Was für eine Manie, oder? Viele dieser Jungen lutschte ich ohne Gummi, weil sie mir gefielen. Und sie haben bestimmt viel bei mir gelernt. Es waren fast immer ruhige Schäferstündchen ohne Kissenakrobatik, in genüsslicher Missionarsstellung. Sie wollen ihn reinschieben und genießen. Die Phantasie und die Varianten kommen mit der Zeit dazu. Mit denen, die sich die Hörner schon abgestoßen haben, ist es dann ein bisschen anders.

Ich tat alles, um meine Eltern auch weiterhin in dem Glauben zu lassen, ich sei ein anständiges Mädchen. Nach der Disko erzählte ich ihnen, wie viel ich getanzt hatte. Eines Abends jedoch kam ich mit lauter Knutschflecken am Hals nach Hause, die von Thiago stammten, einem Jungen, mit dem ich mehrmals geschmust hatte. Wir sind nie wirklich zusammen gewesen, denn als ich ihn einmal bei Tageslicht gesehen habe, war von seinem guten Aussehen im Dunkeln keine Spur übrig. Außerdem wollte ich mir die Lippen nicht noch mehr beim

Küssen verletzen. Die Tatsache, dass wir beide feste Zahnspangen trugen, war eine Qual.

Aber die violetten Knutschflecke ließen sich damals nicht einmal mit Schminke überdecken. Meine Mutter bemerkte sie natürlich und zwang mich, am nächsten Tag mit einer Leinenbluse, die mir bis zum Hals reichte, in die Schule zu gehen. Das war allerdings vergebliche Liebesmüh, denn mir war darin so heiß, dass die Knutschflecke nicht darunter versteckt blieben. Aber ich schämte mich nicht. Der Ruf, eine Schlampe zu sein, machte mir nichts aus. Da war ich wie ein Junge. Für die Jungen ist der Ruf, ein Aufreißer zu sein, Zeichen ihrer Männlichkeit. Für mich waren die Knutschflecke eine Trophäe, der Beweis, dass ich begehrt worden war. Vielleicht hatte ich eine Nacht mit wildem Sex hinter mir? Ich kannte die Wahrheit, aber die anderen nicht. Und das genoss ich. So konnte ich alle Blicke auf mich ziehen. Ich, ein dreizehnjähriges Mädchen mit pickeligem Gesicht und Speckröllchen, die trotz der Diät, durch die ich immerhin zwanzig Kilo verloren hatte, noch geblieben waren. Kein einziger Junge in der Schule, auf der Straße oder sonst irgendwo beachtete mich. Nur nachts im Dunkeln fanden sie mich scheinbar attraktiv. Genauso wie ich Thiago attraktiv gefunden hatte.

Auf der Suche nach Selbstbestätigung fing ich auch an, heimlich auf der Schultoilette zu rauchen. Ich machte immer alles mit und gehörte zur Clique der schwarzen Schafe. Viele aus der Clique rauchten mit ihren 12 oder 13 Jahren bereits Marihuana. Ich wollte nicht als Spielverderberin dastehen, blieb aber bei der Nelkenzigarette, die ich am liebsten mochte. Was war denn daran so interessant, in den dunklen Ecken rund um die Schule beim Schwänzen hastig ein paar Mal an einem Kraut zu ziehen, das in dünnes Papier gewickelt war? Nur um grundlos zu kichern und zusammenhanglosen Blödsinn zu reden? Ich verbrannte mir nur die Zunge, als ich kurz nach meinem 14. Geburtstag den ersten Joint probierte.

In diesem Alter ist man noch nicht besonders überzeugt von dem, was man tut, auch wenn man sich schon ziemlich erwachsen fühlt. Als ich zum Beispiel mit dem Rauchen anfing, mochte ich weder den Geschmack noch den Schwindel, der mich erfasste, und ich schaffte es auch nicht, auf Lunge zu rauchen, was mich maßlos ärgerte. »Guckt mal, Raquel pafft nur!«, hieß es. Sollte ich in der Clique als die Dumme dastehen? Ich übte so lange, bis ich es geschafft hatte, den üblen Geschmack und das Husten zu ignorieren. Und alles nur, um nicht aus der Reihe zu tanzen, um genauso zu sein wie meine Freunde. Genauso? Freunde? Heute sind diese sogenannten »Freunde« nicht mehr da. Aber die Laster sind geblieben. Und nicht nur diese.

Mit Alkohol war es so ähnlich. Ich mochte den Geschmack nicht und verstand nicht, was daran so interessant sein sollte (fragt mich dagegen heute mal!). Eines Tages wollte ich zeigen, dass ich Ahnung hatte, und bat einen älteren Schüler, mir eine Dose Bier zu kaufen, die ich dann ohne abzusetzen hinunterkippte, um den Geschmack nicht so zu spüren. Ich bat ihn dann um noch eine Dose und noch eine, die ich ebenfalls mit einem Zug leerte.

Nach dem dritten Bier drehte sich alles um mich herum. Zwischen meiner Euphorie und den Hitzewallungen hatte ich Angst, von einem der Sicherheitsbeamten der

Schule erwischt zu werden, die in Zivil in den umliegenden Straßen nach Schülern suchten, die Dummheiten machten.

All diese Bemühungen, cool zu sein, zu rauchen, zu trinken und auszugehen, begannen sich in meinen Zeugnissen widerzuspiegeln, die, wenn ich sie nicht mit Hilfe des Pförtners im Voraus aus der Post fischen konnte, in die Hände meiner Mutter gelangten. Da waren die Fehlstunden schwarz auf weiß zu lesen (die ich immer versuchte, mit dem Argument zu rechtfertigen, dass der Lehrer mich nicht hörte, wenn ich »anwesend« sagte) und die Noten, die täglich schlechter wurden, was schwieriger zu erklären war. Nichts davon hielt mich aber davon ab, meine Eltern weiter zu belügen und »Sperenzchen« zu machen.

Angesichts des Blödsinns, den ich anstellte, wollte ich nicht auch noch mit schlechten Noten auffallen. Weil ich jedoch weiterhin jeden Tag Schulstunden schwänzte und den Stoff nicht ausschließlich mit Hilfe der Bücher verstand, fing ich an zu schummeln. Die Klassenarbeiten an meiner Schule waren immer auf farbigem Papier gedruckt. Es war simpel: Ich kaufte Papier in derselben Farbe und übertrug darauf zu Hause all das, was meiner Meinung nach drankommen würde. Die Idee stammte nicht von mir – eine ganze Reihe von Schülern machte das so. Wieder einmal machte ich das, was alle anderen auch taten. Wenn der Lehrer gerade nicht hinsah, mogelte ich das Blatt zwischen die Seiten der Arbeit. Perfekt!

Diese Taktik funktionierte bis zur letzten Klassenarbeit des Schuljahres im Fach Geschichte. Ich brauchte nur einen Punkt, um zu bestehen, konnte der Versuchung aber nicht widerstehen ... Das Blatt fiel der Lehrerin in die Hände – und ich wurde vor die Tür gesetzt.

Auf dem Nachhauseweg hatte ich solche Angst vor dem, was mein Vater sagen oder tun würde, dass ich völlig durcheinander war und fast von einem Auto überfahren wurde. »Das wäre jetzt das Beste!«, dachte ich.

Ich zögerte eine Ewigkeit, bevor ich die Treppen hinaufstieg. Ich klingelte. Mein Vater öffnete die Tür. »Und? Wie war die Arbeit?« Ich fing an zu weinen. Zu meiner Überraschung nahm mich mein Vater in den Arm, sodass ich vor lauter Scham noch mehr schluchzte. »Wenn du wüsstest, was passiert ist, drehst du mir den Hals um ...« Ich erzählte ihm die Wahrheit und erwartete eine Ohrfeige. Warum eigentlich? Mein Vater hatte mich nie auch nur berührt. Er wollte auch jetzt nur wissen, warum ich geschummelt hatte, und nahm mir das Versprechen ab, so was nie wieder zu tun.

Als meine Mutter von der Lehrerin in die Schule zitiert wurde, erfuhr sie, dass Schummeln unter den Schülern normal, aber mein Spickzettel einfach sehr groß gewesen war. Lachend hatte die Lehrerin ihr das riesige Blatt gezeigt und gesagt, ich müsse lernen, kleinere zu machen ... Ich konnte es kaum glauben: Jetzt bekam ich auch noch eine Lektion in Selbsthilfe! Und dann war ich sogar noch gelobt worden: Die Lehrerin wollte mir den fehlenden Punkt geben, weil ich eine Schülerin wäre, die keine Probleme machte. Ich? Die ich in ihren Stunden jeden nur erdenklichen Mist gebaut hatte – wenn ich überhaupt anwesend gewesen war? Die menschliche Großzügigkeit geht manchmal wirklich sonderliche Wege.

Wir waren schon fast eine halbe Stunde im Schlafzimmer. Trotz der Eile waren sowohl die erste wie auch die zweite Halbzeit gut gewesen. Wir hatten noch eine halbe Stunde, aber der Mann zeigte keine Anzeichen, dass er noch ein drittes Mal kommen würde. Wir lagen nackt nebeneinander und er bat mich darum, sich ankuscheln zu dürfen. Er schmiegte sich in meine Arme und begann, mit den Fingern mit meiner Brust zu spielen und bis zum Bauch hinab- und wieder hinaufzuwandern. Irgendwann brach er das Schweigen: »Ich bin scharf auf meine Mutter.«

Ich unterhalte mich gern und häufig mit meinen Kunden, dabei werden sie entspannter. Was ich schon alles gehört habe ... Das ist meine Seite als Psychologin. Die Aufnahmeprüfung für das Medizinstudium würde ich niemals schaffen, aber die Psychologie ist ja ganz nah dran. Und das werde ich machen, wenn ich wieder anfange zu lernen. An geeignetem Studienmaterial wird es mir jedenfalls nicht mangeln. Aber ich schweife ab ... Ich habe bereits *König Ödipus* gelesen, diese griechische Tragödie über den Typen, der sich von seiner Mutter Jokaste angezogen gefühlt hatte. Das war für mich bislang nicht mehr als eine Fiktion gewesen. Bis zu jenem plötzlichen Geständnis. Dieser Typ weckte meine Neugier. Wir unterhielten uns lange darüber, und er erzählte mir, dass seine Mutter erst 16 Jahre alt war, als er geboren wurde. Inzwischen musste er etwa 44 Jahre alt sein, da er sagte, seine Mutter wäre 60.

Die sexuelle Anziehung hätte ihren Ursprung in seiner Kindheit (Freud lässt grüßen!). Als er ein kleiner Junge war, sei seine Mutter zu Hause immer in Höschen und BH herumgelaufen. Dieses Bild hätte sich ihm eingebrannt. Sie hätten sogar zusammen geduscht. Das sexuelle Verlangen nach ihr mit den entsprechenden Phantasien begleiteten ihn nun schon sein Leben lang. Und noch heute (in seinem Alter!) war der Typ ganz scharf darauf, mit seiner Mutter zu schlafen. Nach der Nummer sagte er mir, dass er mir so viel bezahlen würde, wie ich wollte, wenn ich es schaffen würde, seine Mutter dazu zu bringen, mit ihm ins Bett zu steigen. Ich ließ mich ködern und verlangte zehntausend Real. Ich gestehe, dass ich nicht die geringste Idee hatte, wie ich die Frau davon überzeugen konnte, mit ihrem Sohn zu bumsen. Aber das Geld war einfach zu verlockend. Er erzählte mir, wie er sich den Sex mit ihr vorstellte, wie er sie ausziehen, an ihrem Höschen riechen, sie überall lecken und in welchen Stellungen er es mit ihr treiben würde. Tausend Phantasien – die sich wohl bis heute nur in seinem Kopf abspielen …

Auf der Liste der geheimen Wünsche sind es die pädophilen, die mich am meisten aus der Fassung bringen – und leider öfters vorkommen. Ich möchte heiraten und Kinder bekommen, und da macht mich schon der Gedanke an Kinderschänder panisch. Ich bin die Letzte, die über andere Leute und ihre Phantasien zu Gericht sitzt, aber in solchen Fällen bin ich entsetzt!

Die Begierde, mit der ich, als ich 14 war, alles über das Leben herausfinden wollte, schien keine Grenzen zu kennen. Natürlich hatte ich noch Fragen. Eine davon betraf meine sexuelle Orientierung. Ich hatte schon viele steife Schwänze in der Hand gehabt und den Jungen, die ich in der Disko gewichst hatte, großes Vergnügen bereitet. Aber ich habe mich gefragt, ob das wirklich das Äußerste der Lust war. Ich wollte wissen, wie sich der körperliche Kontakt zu einer Frau anfühlte, aber ich hatte auch Angst davor. Und wenn ich lesbisch war? In dieser Lebensphase gibt es nur zwei Farben: schwarz und weiß. Entweder man ist das eine oder das andere. Also versuchte ich, nicht so oft daran zu denken.

Eines Tages hatte der Junge, der in der Schule vor mir saß, einen *Playboy* mitgebracht. Mitten in der Stunde begann er, in der Zeitschrift zu blättern. Ich machte von hinten einen langen Hals und war wie hypnotisiert von dem, was ich sah. Ich hatte nie zuvor Zeitschriften mit nackten Frauen gesehen. So etwas kam nicht über unsere Türschwelle, ganz zu schweigen von der Scham, die damit verbunden war, womöglich so etwas am Kiosk zu kaufen. So fragte ich den Jungen, ob ich mal reingucken dürfte, und er lieh mir die Illustrierte aus. Ich war fasziniert. In der Pause zögerte ich nicht: Ich steckte den *Playboy* in meinen Rucksack und nahm ihn mit nach Hause. Beim Betrachten des *G Magazine*, wovon ich einen Stapel in meinem Zimmer versteckt hatte, hatte ich schon häufiger versucht, mich selbst zu befriedigen. Aber diese Bilder von Typen mit steifen Schwänzen hatten mich noch nie abgehen lassen. Vielleicht würde das beim Betrachten nackter Frauen ja anders sein. Bingo! Nach dieser Eroberung musste sich meine Neugier vom Papier lösen und Realität werden.

Ich ging mit einer meiner besten Freundinnen auf einen 16ten Geburtstag, und wir verabredeten, dass ich danach bei ihr übernachten würde. Wir tranken Sekt, so viel wir konnten, und waren davon total aufgedreht. Zu Hause ging sie unter die Dusche.

»Hey, wie lange brauchst du denn noch da drin?«

»Ich kann dich nicht hören!«

In Diskutierlaune ging ich ins Bad: »Ich möchte auch noch duschen!«

»Komm doch mit rein!«, antwortete sie freimütig. Also stieg ich zu ihr in die Duschkabine ...

Ich erinnere mich, dass ich von dem Lustgefühl, das mich überkam, als ich so nah vor einem nackten Mädchen unter der Dusche stand, wie gelähmt war. »Was ist?« – »Nichts.« Ich war heiß bis in die Fußspitzen, aber ich rührte mich nicht. Verstrickt in einem Gefühlswirrwarr aus Verlangen, Lust, Gefügigkeit und Angst, fühlte ich mich ganz komisch und schaute sie nur an. Die Lähmung ging jedoch vorüber, als sie die Initiative ergriff. Unter der warmen Dusche, im dampfenden Bad, ließ sie schweigend ihre Hände über meinen nassen Körper gleiten. Ich gab mich ihren Berührungen hin, erwiderte sie, bekam mehr. Ein Körper wie meiner. Ein Geschlecht wie meines. Weiblich, rund, zart. In jener Nacht fanden wir zueinander und es war wunderschön.

Es blieb aber bei diesem einen Mal. Danach schämten wir uns beide, erwähnten nie, was passiert war, und unsere Freundschaft kühlte ab. Wie kann ich auch mit einer Freundin über alles sprechen, mit der ich schon im Bett war? Einige Zeit später begegneten wir uns und näherten uns wieder aneinander an, aber die Freundschaft wurde nie mehr so wie früher. Ich glaube, wir hätten in jener Nacht nicht miteinander schlafen sollen. Auch wenn die Erfahrung unglaublich gut war, hätte ich lieber meine beste Freundin behalten.

Eines Tages tauchten zwei Kunden zusammen auf. »Wollt ihr einer nach dem anderen?« – »Wir wollen gleichzeitig.« Wow! Ob ich das aushalte? Ich hatte noch nie eine Doppelpenetration gehabt. Das Sprichwort sagt, dass man vor lauter Neugierde in Teufels Küche kommt. Ich fürchte den Teufel jedoch nicht! »Also los!«

Am Anfang wusste ich gar nicht, wem ich meine Aufmerksamkeit schenken sollte. Ich fing an, dem Ersten einen zu blasen, und als der Zweite sich neben ihn kniete, ging ich dazu über, immer abwechselnd zu lecken. Ich küsste den einen, dann den anderen. Ich fragte mich, ob irgendetwas zwischen den beiden laufen würde, wie das zwischen Frauen in einer *ménage à trois* der Fall ist. Aber dann merkte ich, dass da nichts passieren würde. Nur die Köpfe ihrer Penisse berührten sich, und auch nur dann, wenn ich sie zusammenschob und versuchte, beide gleichzeitig zu lutschen. Eine schwierige Aufgabe … aber nicht unmöglich.

Zwei Männer gleichzeitig zur Verfügung zu haben vermittelte mir ein unbeschreibliches Machtgefühl. Einer der beiden legte sich hin, und ich begann, ihm auf allen vieren einen zu blasen. Der andere nahm mich dabei von hinten. Wir machten es eine ganze Weile in dieser Position, als derjenige, der mich von hinten vögelte, beschloss, ihn mir in die Rosette zu stecken. Da rutschte sein Kumpel unter mich und schob seinen Hammer mit viel Geschick in meine Muschi. Ich merkte, wie die beiden Schwänze in mir kämpften. Sie waren nicht klein. »Spürst du, wie die Schwerter in dir fechten?« – »Und wie!« Natürlich sind die Bewegungen zurückhaltender. Aber was noch besser ist: Man kann alles in einem anderen Rhythmus machen. Ich entdeckte, dass ich auf solche Sandwich-Stellungen stehe. Derjenige, der meinen Arsch fickte, kam zuerst und verließ das Zimmer. Ich ritt noch eine ganze Weile auf dem anderen, bevor auch er abspritzte. Erst als er fertig war, sah ich, dass die Ladung des Ersten auf das Laken gelaufen war. So ein Mist …

Die Routine der Freudenmädchen hat auch ihre profanen Seiten. Ich teilte mir das nett, aber mit den Betten, dem großen Schrank, den Spiegeln und den unpersönlichen Hotelzimmer-Bildern eher unprätentiös eingerichtete Zimmer mit weiteren vier Mädchen. Es gab keine Frisierkommode voller Krimskrams, wie man das aus dem Kino kennt … Da wir in unserem Schlafzimmer auch arbeiteten, musste es immer schön ordentlich aussehen. Jede war abwechselnd mit Fegen und Staubsaugen an der Reihe. Nicht alle mochten diese Arbeit, aber man kann keine Kunden in einem schmutzigen Zimmer empfangen.

Das Waschen der Bettwäsche und der Kundenhandtücher war Sache der Wäscherei. Jedes Mädchen wechselte seine Bettwäsche selbst, alles andere wäre ekelig gewesen. Allerdings gab es nicht bei jedem Kunden neue Bettwäsche. Manchmal musste ein und dieselbe Garnitur für den ganzen Tag herhalten. Sie wurde immer wieder glatt gestrichen und fertig. Ich bat die Leitung ständig darum, die Bettwäsche wechseln zu dürfen. Da es nicht so viele Laken gab und auch nicht so viel Geld für die Wäscherei ausgegeben werden konnte, bekam ich Ärger mit der Chefin und durfte mir kein frisches Laken nehmen. Also beschmierte ich es manchmal absichtlich mit Gel, nur damit ich ein neues bekam. Natürlich musste ich mir eine entsprechende Predigt anhören, aber das war mir schnurzegal. In solchen Augenblicken fand ich, dass es Zeit war, mir eine andere Pension zu suchen …

Mein erster Umzug in ein anderes Etablissement erfolgte ungefähr sieben Monate nachdem ich mit dem Anschaffen begonnen hatte. Genau genommen wurde ich zusammen mit zwei weiteren Mädchen vor die Tür gesetzt, weil jemand gepetzt hatte, dass wir heimlich kifften. Es gibt sehr viel Neid unter den Nutten, obwohl ich auch Mädchen kennengelernt habe, deren Lebensgeschichten meiner sehr ähnlich waren und mit denen ich Pferde stehlen konnte. Aber trotzdem sind wir alle Konkurrentinnen. Deshalb wollte ich nie in großen Läden wie dem *Café Photo* oder dem *Bahamas* arbeiten. Wenn schon unter den zehn Mädchen in einem Privatclub die Eifersucht grassiert, wie ist das dann erst unter hundert von ihnen? Außerdem mag ich es nicht, einen Kunden becircen zu müssen, um ihn mir zu angeln: Entweder will er mich und kommt von selbst oder eben nicht.

Da in diesem Beruf der Körper das ist, was zählt, reden die Mädchen sich auch gegenseitig schlecht. Es ist nicht einfach, wahre Freundschaften zu schließen. Auch wenn ich noch nie in einer Firma gearbeitet habe, stelle ich es mir dort so ähnlich vor … Wenn ein Kunde dich ausgesucht hat, musst du dem Salon schnellstens den Rücken kehren, denn sofort öffnet sich die Tür zur Schlangengrube. In einer dieser Situationen konnte eine heimliche Feindin die Klappe nicht halten und plauderte das mit dem Gras aus, um mir eins auszuwischen. Womit sie auch Erfolg hatte.

Ich landete in einem gelben Haus ganz in der Nähe des Shopping-Centers *Ibirapuera*. Irgendwie musste ich ja überleben. Doch die Ironie des Schicksals wollte es, dass ich dort nur wenige Monate blieb. Eines Tages rief mich Mari an und erzählte, dass die Pension in der Alameda Franca viele Kunden verloren hatte, weil ich nicht mehr dort war. Resultat: Larissa, die Chefin, musste ihren Stolz hinunterschlucken und mich fragen, ob ich nicht wiederkommen wollte. Ich mochte das Haus und kehrte zurück, aber nur, um dort zu arbeiten, denn ich hatte mir inzwischen eine Wohnung gemietet. Trotz meines hohen Alkohol-, Marihuana- und Kokainkonsums hatte ich vor meinem Rausschmiss ein bisschen Kohle zusammenkratzen können. Da ich als Nutte (also ohne anerkannten Beruf und festen Wohnsitz, abgesehen von der Adresse des Privatclubs) bei keiner Bank ein Konto eröffnen konnte, hatte ich mein Geld ständig in einem Säckchen mit mir herumgetragen. So mietete ich die Wohnung vor allem als Versteck für meine Ersparnisse und schlief dort dann auch, da ich nun schon dafür zahlte.

Die Rückkehr in die Alameda Franca war nicht so, wie ich es erwartet hatte. Die Mädchen, die ich kannte, waren nicht mehr dort, und ich fühlte mich nicht mehr wohl. Es musste etwas geschehen, ich brauchte eine neue Perspektive. Ich war ziemlich deprimiert und planlos und wollte unbedingt vom Kokain loskommen. Ich wusste, dass ich mein Leben ändern musste, um mich nicht völlig darin zu verlieren, den ganzen Tag lang nur zu bumsen und das Geld nach Feierabend für Schnee und Gras aus dem Fenster zu werfen. Sonst würde ich womöglich wie eine dieser abgetakelten Nutten an einer einsamen Straßenecke oder im Fenster eines heruntergekommenen Hauses enden. Ich war davon besessen, mein Geld zu sparen, um frei zu sein und keinen Zuhälter mehr finanzieren zu müssen. Also musste ich mehr arbeiten.

Ein Mädchen, das in derselben Wohnung wohnte wie ich, erzählte mir vom »Zwanziger«. Ich brannte darauf, zu erfahren, wie ein Mädchen sich für zwanzig Real verkaufen konnte. Ging es um Menge und hohe Einnahmen, war ich dabei.

Sie verriet es mir. Ein Geschäft mit hoher Fluktuation, viele kleine Einzelzimmer, null Luxus – und null Hygiene. Eine üble Absteige. Die Kammer so klein, dass nur ein einfacher Stuhl und eine Einzelmatratze auf dem Fußboden hineinpassten, deren schmuddeliges Laken nur einmal pro Tag gewechselt wurde. Bei den schnellen Nummern, die zwischen 10 und 15 Minuten dauerten, ging es direkt zur Sache. Zehn Real sind für den Zuhälter, zehn Real für das Mädchen.

Ich wollte unbedingt sehen, welche Art von Kunden den Laden frequentierten. Dort versammelte sich wirklich alles: Müllmänner, Fensterputzer, Typen, die nicht mehr verdienen als den Mindestlohn und einfach nur abspritzen wollen, mehr nicht. Zu meiner Überraschung gab es aber auch Jüngelchen aus gutem Hause sowie gutsituierte Herren. Ich kriegte einen vierzigjährigen Ingenieur ab, der wusste, wie man es Frauen besorgt. Ich konnte meine Neugierde nicht zurückhalten und fragte: »Warum kommst du hierher, wenn du dir etwas Besseres leisten kannst?« – »Ich schiebe lieber täglich eine schnelle Nummer, als einmal pro Woche eine Supershow zu veranstalten.« Nach dieser Antwort begann ich, die praktischen Menschen zu bewundern.

Ich hielt es genau zwei Tage im »Zwanziger« aus, die aber zugegebenermaßen sehr lehrreich waren.

Im Oktober 1999, im Alter von 15 Jahren, war ich auf dem *Bandeirantes*-Gymnasium endgültig unten durch. Diesmal war nichts mehr rückgängig zu machen. Ich schwärmte für einen Jungen in meiner Klasse. Mit seinen blonden Haaren, der hellen Haut und den tiefblauen Augen sah er aus wie ein Engel, wenngleich seine eingebildete und etwas gemeine Art vieles verdarb. Doch dann kam der Tag, an dem er begann, mich anzubaggern.

In einer Physikstunde schaltete die Lehrerin für ein Experiment das Licht aus. Wir standen alle um den Experimentiertisch herum. Er hatte sich dicht neben mich gestellt. Plötzlich nahm er vorsichtig meine Hand. Mein Herz schlug mir bis zum Hals. Langsam führte er sie zu seinem Penis, den ich über der Hose umfasste. Er war bereits steif. Ich hatte das Gefühl, dass alle mein wildes Herzklopfen hören konnten. Meine Angst siegte und ich zog die Hand zurück. Er gab aber nicht auf, stellte sich hinter mich und schmiegte sich an meinen Po, mitten unter all den anderen. Ich hielt es nicht aus: Er baggerte mich schamlos an! Mich, Raquel, das Dickerchen! Ich war ganz feucht, erregt und erschrocken. Ich weiß nicht, wie lange wir so standen, er seinen Steifen von hinten an mir rieb, mich provozierte und meine Geilheit anstachelte.

Da es die letzte Unterrichtsstunde des Nachmittags war und es bereits dunkel wurde, bot er sich an, mich nach Hause zu begleiten. In Wirklichkeit wollte er mich davon überzeugen, irgendwo hinzugehen und das zu Ende zu bringen, was wir im Unterricht begonnen hatten.

»Es ist schon spät. Meine Mutter macht Theater!«

»Sag ihr, du hast mit einem Schulkameraden Anatomie gelernt.«

»Lass es uns auf einen anderen Tag verschieben.« Ich zierte mich ein wenig. Aber dann hatte er mich so weit:

»Willst du mich jetzt wirklich hängenlassen? Ich weiß, dass du es auch willst.«

Wir blieben an der Mauer einer Schule stehen, die hinter meinem Elternhaus lag. Ich ließ mich nicht küssen, aber dann wichste ich ihn widerwillig mitten auf der leer gefegten Straße.

Auch am darauffolgenden Tag blieb er hartnäckig und schickte mir Briefchen, bis ich nicht mehr widerstehen konnte. Jetzt war es so weit. Nach der Schule erwartete mich ein neues Abenteuer. Diesmal kaufte er unterwegs Gummis. Mich überfiel dieselbe Panik wie bei so vielen früheren Gelegenheiten, bei denen ich mich im letzten Moment aus der Affäre gestohlen hatte. Ich stellte mir mein erstes Mal anders vor. Außerdem sollte er nicht merken, dass ich noch Jungfrau war. In einer Sackgasse blieben wir stehen.

»Es wird nichts laufen, vergiss es.«

»Was soll das denn jetzt?«

»Ich bin mit meiner Mutter verabredet.«

»Nichts da: Jetzt sind wir schon so weit, mach also keinen Rückzieher.«

Ich wollte wieder flüchten, aber er hielt mich fest.

»Hier kommst du nicht weg, ohne mir wenigstens einen zu blasen.«

Mir blieb keine andere Wahl, ich konnte ihm aber auch nicht sagen, dass ich nicht wusste, wie das ging. Wie peinlich! Ich hatte noch nie einen Schwanz im Mund gehabt und deshalb nicht die geringste Vorstellung davon, was ich anzustellen hatte. Ich beschloss, mir vorzustellen, dass ich ein Eis schleckte. Ich kniete mich auf den Boden und er lehnte mit heruntergelassener Hose an der Wand, krallte sich in meinen Haaren fest und bestimmte das Vor und Zurück. Ich mochte es nicht, wie er meinen Kopf an sich zog. Ich hielt seinen Penis an der Wurzel dicht am Sack fest. Hätte ich ihn so nicht gebremst – er hätte mir alles gnadenlos reingeschoben. Ich hatte Angst, mich zu verschlucken, aber die Situation, sein Geschmack, sein Geruch, die Sache an sich und die Angst, entdeckt zu werden, erregten mich sehr. Es dauerte nicht lange und er begann zu stöhnen, und dann stieß er mir seinen Riemen mit Wucht in den Rachen. Noch ein Stoß und ich spürte direkt am Gaumen diesen komischen Geschmack … Er war in meinem Mund gekommen. Ich traute mich aber nicht, das Zeug herunterzuschlucken.

Ich weiß nicht, ob es stimmte, aber er sagte, es wäre das beste Mal seines Lebens gewesen. Immerhin wurde mein Debüt also von der Kritik gelobt … und er hatte tatsächlich ganz schön die Äuglein verdreht! Wieder einmal fehlte mir der Mut, zu gestehen, dass es mein erstes Mal gewesen war. Beim Abschied versprachen wir uns, dass die Sache unter uns bleiben würde.

Naiv, wie ich war, brach ich mein Versprechen und erzählte einer meiner »Freundinnen« davon, die den Typen anbetete. Aber auch er konnte offensichtlich seinen Mund nicht halten. So verbreitete sich das Gerücht in wenigen Tagen über die ganze Klassenstufe. Niemand fragte mich, was davon stimmte, oder wollte meine Version der Geschichte hören. Ich hörte nur das Kichern und spürte die Blicke in meine Richtung, einige davon boshaft, andere voller Ekel.

Im Handumdrehen stand ich allein da. Nicht einmal meine »Freundinnen« blieben mir treu. Sie schämten sich, mit mir zusammen gesehen zu werden. Ein Mädchen fragte mich sogar, wie viel ich kassiert hätte. Ich sagte: »Gar nichts.« Das hätte ich nicht tun sollen. Sie taten mir unrecht: Sogar diejenigen, die nicht mehr Jungfrau waren, halfen dabei, in der Schule meinen Ruf als Nutte zu verbreiten. Aber ich blieb standhaft, ging morgens wie immer zur Schule, wenn auch allein und bedrückt, und vergoss nur wenige Tränen, auch wenn mich die Situation belastete. Ich war doch erst 15! Irgendwann konnte ich die Heuchelei nicht länger ertragen und rief: »Ja, ich habe es getan, und zwar gern, und würde es auch wieder tun!« Das brachte einige zum Schweigen. Ich wusste, dass ich keine Missetat begangen hatte.

Dann fiel es mir wie Schuppen von den Augen: Was hatte der Junge bloß herumerzählt? Männer haben diese idiotische infantile Art, sich aufzublasen und anzugeben. Ich weiß zwar nicht, ob es wirklich so gewesen ist, da ja niemand mit mir geredet hat, aber ich glaube wirklich, dass er damit angegeben hat, mit mir geschlafen zu haben.

Die Geschichte landete natürlich bei der Schulleitung.

Ich stritt alles ab und war fest entschlossen, für immer dichtzuhalten. An diesem Tag brach ich zusammen. Ich kam heulend zu Hause an und erzählte alles meiner Mutter. Na gut, nicht alles. Ich sagte, ich hätte nach der Schule einen Jungen geküsst und die anderen würden nun herumerzählen, ich hätte es mit ihm getrieben und ihm einen geblasen. Das war am Ende der achten Klasse, und meine Mutter fand, dass es besser wäre, wenn ich die Schule wechselte. Ich weiß nicht, ob sie mir glaubte oder nur so tat.

Nun hatte ich eigentlich das *Bandeirantes* hinter mir gelassen – wenn nicht ein Junge von dort auf genau dieselbe Schule übergewechselt und in die gleiche Klasse gekommen wäre wie ich. Nachdem die Geschichte auf diese Weise auch dort die Runde gemacht hatte, stand ich wieder abseits. Aber da dachte ich mir: Ihr könnt mich alle mal!

Die Erfahrung im »Zwanziger« war wirklich sehr aufschlussreich gewesen, auch wenn das nichts für mich war. Liebesdienste sind harte körperliche Arbeit. Das sogenannte »leichte Leben« ist alles andere als das. Zehn Nummern pro Tag sind gesundheitlich gesehen grenzwertig. Alles tut einem weh.

Der Ausweg bestand darin, mir einen anderen Privatclub zu suchen, also tief Luft zu holen und einen neuen Anlauf zu nehmen. Ich landete in einem Etablissement in der Rua Michigan im Stadtteil Brooklin. Heute weiß ich, was mich dort hinführte: Dort kam ich zu meinem »Nachnamen«. Schon immer hat mir das Meer gefallen. Eine meiner Schwestern hat ein Häuschen am Strand, wo ich sie öfters heimlich besuchte. Es war immer so schön dort. Am Meer habe ich die einzigen Augenblicke des Alleinseins erlebt. Ich bin sogar gesurft, erst auf einem Bodyboard und dann richtig.

In der neuen Pension gab es zwei Brunas. Eines Tages hat ein Kunde nach Bruna gefragt und die Puffmutter brachte ihm die falsche. »Ich meine die andere, die kleine Surferin!« Ich mochte den Typen. Irgendwie stimmte die Chemie. »Warum hast du mich ›kleine Surferin‹ genannt?« – »Du hast Stil!« – »O.k., das gefällt mir!«

Als ich später auch dieses Haus wieder verließ und begann, in meiner eigenen Wohnung zu arbeiten, musste ich mir einen »Nachnamen« zulegen, der zu mir passte. Da fiel mir diese Geschichte wieder ein und mir war klar: Ich war die »kleine Surferin«: »Bruna Surfistinha«.

Ich habe schon erzählt, dass eines der Dinge, die mich an den Privatclubs am meisten genervt haben, die Sache mit der Bettwäsche war. Hier kommt noch eine Geschichte aus dem Fundus »hinter den Kulissen«. In der Rue Michigan wurden die Handtücher vom Personal gewaschen und nur die Bettwäsche ging in die Wäscherei. Es gab vier Waschmaschinen und eine kilometerlange Wäscheleine. Im Winter, wenn die meisten Kunden kamen, schien nie die Sonne und die Handtücher wurden nicht trocken. Im Wohnzimmer, wo die Mädchen warteten, gab es eine Heizung. Wir kamen von der Nummer wieder nach unten, gaben der Chefin das Handtuch, die es vor der Heizung trocknete, anschließend auf Flecken untersuchte und neu verpackte. »Sieht doch aus wie frisch gewaschen, oder?« So trockneten sich mehrere Männer mit demselben Handtuch ab. Ziemlich üble Sache ...

Das Durcheinander in meinem Leben (das sexuelle Erwachen, die Gerüchteküche um meinen Lebenswandel, der Verlust der Freunde, mein Hässliches-Entlein-Syndrom) trieb mich in eine Depression. Ich nahm Antidepressiva. Wegen der Panik, wieder zuzunehmen, bekam ich Bulimie. Ich stopfte mich mit Süßigkeiten voll und steckte danach den Finger in den Hals ... Das wurde zur Sucht. Ich hatte Hunger, wahrscheinlich durch die Medikamente und meine innere Unruhe, und lief anschließend ins Bad, um alles wieder auszukotzen. Auf dem Rückweg von der Schule kaufte ich täglich für zwanzig Real Süßigkeiten, die ich, nur des Geschmacks wegen, alle auf einmal hinunterschlang, und zwei Minuten später fand ich eine Gelegenheit, alles wieder von mir zu geben. Irgendwann fiel meiner Mutter auf, dass nach jeder Mahlzeit die Toilettenspülung ging. Deshalb begann ich, mich in eine alte Zeitung zu übergeben, um die Spülung nicht mehr betätigen zu müssen.

Ich habe keine Ahnung, woher diese verdammte Depression kam – oder doch, eigentlich weiß ich es schon: Ich fand mich dick und hässlich, ich war ein Adoptivkind und hatte einen Haufen Probleme mit meinem Vater ... Und nach dem Reinfall am *Bandeirantes* und dem Pech, dass mich die Geschichte auch noch bis in die neue Schule verfolgt hatte, stand ich mit meinen 16 Jahren ohne Freunde da. Ich sah irgendwann keinen Ausweg mehr und wollte mich umbringen. Es sollte schnell gehen, möglichst schmerzlos sein und das Risiko ausschließen, querschnittsgelähmt zu überleben. Ein Revolver wäre ideal und mein Vater hatte einen zu Hause. Natürlich mit Waffenschein. Nicht dass er ihn mal gebraucht hätte; er stammte noch aus der Zeit, als wir auf dem Land wohnten. Ich wusste, wo er die Waffe aufbewahrte.

Eines Tages war ich allein zu Hause und wieder mal total am Ende. Ich nahm den Revolver aus seinem Versteck und steckte mir den Lauf zitternd in den Mund. Es war ein komisches Gefühl, eine Waffe in der Hand zu halten. Sie ist kalt und ihr Gewicht passt nicht zu ihrer Größe. Es sah aus, als hielte ich ein Objekt von einem anderen Planeten in der Hand, auf dem ich landen würde, sobald ich den ersten und letzten Schuss meines Lebens abgegeben hatte. Ich schloss die Augen und bereitete mich darauf vor, mit dem Zeigefinger den Abzug zu drücken. Mein Kopf und meine Brust fühlten sich an, als wollten sie platzen. Ich zählte bis drei und … klick! Das Scheißding war nicht geladen. Trotzdem fand ich zum Willen zurück, die Sache durchzuziehen. Ich durchwühlte alles und fand ein Säckchen, in dem mein Vater die Kugeln aufbewahrte. Ich weiß nicht, was dann plötzlich über mich kam, aber ich schaffte es nicht, auch nur eine Kugel in den Revolver zu stecken. Ich beschloss aufzugeben. Jedenfalls vorerst.

Eine Woche verstrich und mir ging es weiterhin absolut dreckig. Ich nahm das Antidepressivum, um wach zu bleiben, und Schlaftabletten, um einzuschlafen. Anscheinend hatte keines der Medikamente die erwartete Wirkung, denn ich verbrachte sieben Nächte damit, über mein Leben nachzudenken und darüber, was sich alles ändern müsste. Dann machte ich einen zweiten Selbstmordversuch: Ich wartete, bis alle ins Bett gegangen waren, und stellte einen Stuhl an das Wohnzimmerfenster – das einzige, vor das kein Netz gespannt war. Ein Sturz aus dem neunten Stockwerk würde mit Sicherheit tödlich enden. Ich setzte mich auf das Fensterbrett, mit einem Bein draußen und dem anderen drinnen, und dachte an all die schlechten Seiten meines Lebens. Das sollte mir die nötige Kraft für den Sprung geben.

Mir fiel aber nichts ein, was so schlecht gewesen wäre, dass es mich in die Tiefe gezogen hätte. Es kam mir nur Gutes in den Sinn: meine Träume, die Sehnsucht danach, mich mit meinen Eltern zu vertragen … Mein Mut, der auch vorher nicht besonders groß gewesen war, stürzte vor mir aus dem Fenster in die Dunkelheit. Danach versuchte ich nie wieder, mich umzubringen. Ich wollte leben. Also musste ich etwas für mich tun.

Ich war zu dem Zeitpunkt schon mit zwei Jungen zusammen gewesen, ohne dass die Beziehung über Geknutsche, Gefummel und die eine oder andere Fellatio hinausgegangen wäre. Es ist zwar kaum zu glauben, aber ich war mit 17 immer noch Jungfrau – Ehrenwort. Bisher hatte kein Junge seinen Schwanz in mich hineingesteckt. Und dieser Zustand zeichnet ein Mädchen unter anatomischem Gesichtspunkt ja nun mal als Jungfrau aus.

Meine Mutter überwachte mich unablässig und ich wollte mein erstes Mal nicht an der Mauer einer dunklen Straße oder auf der Tanzfläche erleben. Außerdem sollte es mit jemandem sein, in den ich auch wirklich verliebt war. Ich träumte von einem Partner, mit dem ich zusammenziehen könnte, egal wie jung ich noch war.

Den dritten Freund meines Lebens fand ich über das Internet. Zu Hause hatten mein Vater und ich jeweils einen eigenen Computer, was eine gewisse Privatsphäre garantierte, wenn auch nur im virtuellen Raum. Schon damals war ich ganz verrückt auf das Internet und verbrachte Stunden damit, zu surfen, zu chatten und zu flirten. Und irgendwann verliebte ich mich am Bildschirm in einen Jungen – wirklich. Wir verabredeten uns. Aber als wir uns dann gegenüberstanden, fand ich ihn furchtbar. Wäre da nicht die Verliebtheit gewesen … So fingen wir tatsächlich an, miteinander zu gehen.

Zu Hause stieß das auf viele Vorurteile, denn er arbeitete als Motorradkurier. Das gehätschelte Mittelschichtstöchterchen mit so einem Freund? Mein Vater konnte ihn unter keinen Umständen akzeptieren. »Ich möchte nicht, dass du mit jemandem zusammen bist, der so wenig verdient. Stell dir mal vor, ihr heiratet! Wie soll er dich denn ernähren?« Für ihn kam nur eine Familie wie seine eigene in Frage: Seit ihrer Heirat hatte meine Mutter nie mehr gearbeitet, obwohl sie Philologie studiert hatte und vorher als Lehrerin tätig gewesen war. Ich fand ihr Leben furchtbar langweilig: den ganzen Tag fernsehen, sich um Haushalt und Töchter kümmern, Belanglosigkeiten am Telefon austauschen …

Liebe macht blind, taub und unvernünftig. Stumm aber macht sie nie. Ich stritt mich täglich mit meinen Eltern. Und ich legte es mit allen Tricks darauf an, endlich meine Jungfräulichkeit zu verlieren – wofür ich ein ausgeklügeltes Arrangement kreieren musste, als meine Eltern einmal verreist waren. Meine Mutter hatte wie immer in solchen Fällen das Hausmädchen darum gebeten, bei uns zu schlafen – im Wohnzimmer, um genau zu sein. Das Hausmädchen ging immer früh zu Bett, was die Sache erleichterte. Ich hatte alles minutiös geplant.

Mein Freund traf vor dem Haus ein und rief mich über sein Handy an. Um keinen Verdacht zu erregen, sagte ich, ich wollte zu einer Freundin gehen, fuhr mit dem Fahrstuhl hinunter und zusammen mit meinem Freund im Dienstbotenfahrstuhl wieder nach oben. Auf meiner Etage versteckte er sich im Treppenhaus, ich ging zurück in die Wohnung. Es war sehr aufregend, wie im Film.

Mir klopfte das Herz bis zum Hals, und ich machte mir vor Angst, dass irgendetwas nicht klappen könnte, fast in die Hose. Anschließend bestellte ich telefonisch etwas zu essen. Als das Essen unten angekommen war, bat ich das Hausmädchen darum, nach unten zu fahren, um es abzuholen. Bei der Gelegenheit ließ ich meinen Freund durch die Küchentür in die Wohnung, und er versteckte sich in meinem Kleiderschrank, während ich im Wohnzimmer so tat, als wenn nichts wäre. Dann machte ich mir einen Teller fertig, ließ das Mädchen im Wohnzimmer allein essen und schloss mich in meinem Zimmer ein. Er kam aus dem Schrank, aß mit mir zusammen, und wir warteten, bis wir das Hausmädchen schnarchen hörten. (Mit vollem Magen schlief sie sofort ein.) Auf Zehenspitzen, um sie nicht zu wecken, schlichen wir aus meinem Zimmer in das Elternschlafzimmer. Es musste natürlich in einem Ehebett passieren …

In den ersten beiden der fünf Nächte, die wir nach diesem Schema verbrachten, klappte es mit der Entjungferung nicht. Erst in der dritten Nacht brachte ich genügend Mut dafür auf. Es war sehr unangenehm, völlig mechanisch, da alles so geplant ablief. Ich spürte, wie das Jungfernhäutchen riss, und das war es auch schon. Ich hatte meine Jungfräulichkeit verloren, aber sonst? Nein, das war kein Sex. Es hatte sehr wehgetan und ich hatte noch nicht einmal schreien, geschweige denn irgendein anderes Geräusch von mir geben können. Danach verging erst mal eine geraume Zeit, bis ich wirklich begann zu bumsen.

Hatte es sich gelohnt? Ja. Bis dahin hatte ich immer gedacht, dass ich erst die Frau von jemandem werden musste, um endlich von zu Hause aus- und zu meinem Mann ziehen zu können. Nun merkte ich, dass ich niemanden heiraten musste, um von zu Hause wegzugehen. Und ich hatte es eilig.

Im Verhältnis zu meinem Körper waren meine Brüste eher klein. Ich war eigentlich ganz zufrieden mit ihnen, aber jetzt war nicht der Augenblick, um an mich zu denken. Ich machte mich also mit meinen Ersparnissen auf den Weg, um meinen Busen aufzurüsten. Und nicht nur der wurde größer, sondern Brunas Speisekarte wurde um ein Gericht erweitert: neben oral, vaginal und anal jetzt auch spanisch! Falls immer noch nicht klar sein sollte, was das ist, erzähle ich es jetzt: Ich schiebe die Brüste zusammen und verwandle den weichen Zwischenraum in so etwas wie eine Scheide. Am Anfang fand ich das ziemlich komisch. Wenn auf diese Weise der Kopf des Penis ganz nah vor meinem Mund auf- und wieder abtauchte, kam es mir so vor, als säße ich direkt in der Vagina … Bei den besser ausgestatteten Vertretern kann frau sogar »zwei Fliegen mit einer Klappe schlagen«, indem sie den Kopf ein bisschen leckt, wenn er nah genug dran ist. Ich habe schon Kunden gehabt, die nur so abspritzen.

Ich arbeitete bereits seit fast einem Jahr als Nutte, als ich das erste Pärchen zu bedienen hatte. Die beiden waren zwar verheiratet, aber nicht miteinander. Sie tauchten in der Pension in *Brooklin* auf, und ich begann, neugierig die Frau zu taxieren, die mich zugegebenermaßen ziemlich erregte.

Eine andere Frau zu lecken, während der Typ dich leckt, ist ein unbeschreibliches Gefühl. Ich kam ohne jede Anstrengung. Sie erwiderte dann den Service und leckte mich ebenfalls ausgiebig. Während sie ihre Zunge in meiner Spalte hatte, verschlang ich seinen Riemen. Ich fand es wunderbar, das Zentrum ihrer Aufmerksamkeit zu sein. Dann ritt ich auf ihm und sie schleckte währenddessen meine Brüste und badete meinen ganzen Körper mit ihrer Zunge. Wir küssten uns, rieben uns aneinander, leckten uns. Es war offensichtlich, dass sie sich nur für mich interessierte. Hätte ich mich nicht des Herrn der Schöpfung angenommen, hätte der Ärmste selbst Hand anlegen müssen. Ich kam zweimal hintereinander.

Es war unsere erste gemeinsame Nummer, und ich wunderte mich, dass sie nur Augen für mich gehabt hatte. Ich hatte nichts dagegen, fand es aber unnatürlich. Ich merkte, dass sie sich vor ihm ekelte und jeder Annäherung auswich, jeder Berührung, jedem seiner Versuche, sie zu küssen oder zu lecken. Während er unter der Dusche stand, unterhielten wir uns. Sie waren seit einiger Zeit Geliebte, aber sie interessierte sich hauptsächlich für sein Geld. Ihr Mann konnte ihr nicht die Hälfte dessen bieten, was sie von ihm bekam: den jeweiligen Jahreswagen, echten Schmuck … Geschenke eines Geliebten eben. Sie konnten sich nur einmal pro Woche für zwei Stunden treffen. Um sich von der Bürde zu befreien, mit ihm schlafen zu müssen, kam sie auf die Idee einer *ménage à trois* und tat ihm gegenüber so, als wäre das ihr geheimster Wunsch (mir sah es allerdings ganz danach aus, als ob sie wirklich darauf stünde). Sie hoffte, damit die Zeit ihrer Treffen zu verkürzen.

Diese Frau war aber sicherlich eine Ausnahme. Nachdem das Ausgehen mit Paaren für mich zur Routine geworden war und ich die interessante Welt der Swingerclubs kennengelernt hatte, kam ich zu einem Schluss, Frauen treiben es gern mit einer anderen Frau. Diese Sprüche von wegen »es dem Mann zuliebe tun« treffen nur auf eine Minderheit von ihnen zu. So war es meist ein nützlicher Vorwand. Frauen sind halt schüchterner, reservierter, haben Angst vor den Tabus.

Natürlich gibt es aber auch Paare, bei denen es offensichtlich ist, dass der Mann die Frau zum flotten Dreier genötigt hat. Diese Frauen sind dann verklemmt, verschlossen und steif.

Einmal kam es zu einer unangenehmen Situation, als die Frau anfing, vor Eifersucht zu weinen, weil ihr Mann sich mit mir vergnügte. Aber es gibt auch Frauen, die ihren Gatten sogar zu so was ermuntern. Sie glauben, dass ihre Männer es nicht nötig haben, sie zu betrügen, wenn sie sich auf derartige sexuelle Abenteuer einlassen. Wenn die wüssten, wie viele Männer später allein wiederkommen … von denen gar nicht zu reden, die schon vorher bei mir waren! Ich habe schon oft den Spruch gehört: »Wenn sie mitkommt, tust du so, als hättest du mich noch nie im Leben gesehen, o.k.?!« Mir tun diese Frauen leid. Sie werden betrogen und wissen es nicht. Oder sie tun so, als wüssten oder merkten sie es nicht. Ich werde mich jedenfalls nie der Illusion hingeben, dass sexuelle Liberalität davor schützt, betrogen zu werden. Im Leben gibt es weder vollständige Befriedigung noch Garantien für alles und jedes.

Es ist wirklich komisch, wie viele Rechtfertigungen es für diese Frauen gibt, ihr Bett und ihren Mann mit einer anderen zu teilen: Angst, Lust, Eifersucht, Neugier, Unsicherheit, sexuelle Phantasien. Aber ich glaube, im Grunde steht jede Frau auf andere Frauen. Ob Männer auch auf andere Männer stehen, weiß ich nicht so recht. Wenn ich mit zweien gleichzeitig im Bett war, bei den Intimpartys, inklusive Doppelpenetration, ist nie etwas zwischen ihnen gelaufen (was ich wirklich schade finde). Ob sie es miteinander treiben, wenn sie unter sich sind, ist natürlich eine andere Frage ... Ich jedenfalls habe inzwischen schon mit so vielen Männern und Frauen gebumst, dass ich weiß, wovon ich rede. Ich werde also eine exzellente Psychologin abgeben, das ist sicher.

Die Geschichte mit dem Motorradkurier als Freund, die Lügen, die ich meinen Eltern auftischte, nur um das zu bekommen, was ich wollte, meine Sperenzchen und die schlechten Schulnoten trugen natürlich dazu bei, das Verhältnis zwischen mir und meinem Vater zu vergiften. Er versuchte noch, es wieder ins Reine zu bringen: Ich wurde zunächst nicht versetzt, und als ich die Nachprüfung bestanden hatte, schickte er mich auf eine andere Schule in der Hoffnung, die neue Umgebung würde mich zur Räson bringen. Aber es half alles nichts: Ich hatte weiterhin nicht die geringste Lust, etwas zu lernen.

Ich stritt mich immer schrecklich mit meinem Vater, aber geschlagen hatte er mich noch nie, sosehr ich das auch befürchtete – denn eigentlich fand ich immer, dass ich es verdiente. Deshalb werde ich jetzt den wahren Grund verraten, aus dem mein Vater mich zum ersten Mal schlug; das habe ich lange Zeit niemandem erzählt, weil ich mich wirklich dafür schäme. Ich klaute. Nein, ich bin keine professionelle Diebin. Es begann, als ich ungefähr acht Jahre alt war und wir noch auf dem Land wohnten. Da gab es einen kleinen Laden, wo auf der Theke immer ein Bonbonglas stand. Da es nur eine Verkäuferin gab, die mit meiner Mutter beschäftigt war, war es sehr einfach, heimlich Bonbons herauszunehmen, die ich dann ebenfalls heimlich lutschte. Ich wusste, dass ich meine Mutter nur zu bitten brauchte – sie würde so viele kaufen, wie mein Herz begehrte. Aber der Kick lag ja gerade darin, dass ich etwas Verbotenes tat und Angst hatte, dabei erwischt zu werden. Nur einmal passte ich nicht auf, und meine Mutter fragte, woher ich die Bonbons hatte. Ich log: »In der Schule geschenkt gekriegt.«

Es verging nicht viel Zeit, bis ich andere Seiten dieser unkontrollierten Lust entdeckte: Die Süßigkeiten waren mir nicht genug, und ich entwickelte den Zwang, Geld zu stehlen. Geld hat mich schon immer in seinen Bann gezogen.

Man muss sich das mal vorstellen: Mit meinen acht Jahren klaute ich meinen Eltern Geld! Da mein Vater wegen seiner Krankheit das Haus nicht verlassen konnte, war immer Bargeld im Haus. Ich hatte nicht die geringste Ahnung davon, wie viel das Geld wert war, aber ich wusste bereits, dass es aufregender war, es sich einfach zu nehmen, als darum zu bitten (und sicherlich auch zu bekommen). Ich begann damit, aus dem Päckchen, das mein Vater aufbewahrte, ab und zu ein paar Scheine zu stibitzen. Dann ging ich zu dem Laden und fragte die Verkäuferin, was ich dafür kaufen konnte. Trotzdem klaute ich auch woanders, hauptsächlich Süßigkeiten.

Wir hatten nur für meinen Schulweg in die Stadt einen Fahrer, da mein Vater mich nicht bringen konnte und meine Mutter nicht gern Auto fuhr. Auf dem Weg bat ich ihn immer, an einer wunderbaren Bäckerei in der Innenstadt zu halten, und log, dass ich für meine Mutter etwas kaufen sollte. Ich hatte das Geld in meinem Täschchen und gar nicht so große Lust auf Bonbons oder Schokolade. So ging das eine lange Zeit, bis eines Tages ... meine Mutter, warum auch immer, mich zur Schule brachte. Sie hielt an der Bäckerei und bat mich, dort etwas zu kaufen. Als ich zurückkam, erzählte sie mir eine komische Geschichte: Sie hätte gesehen, wie einer der Wachleute ein Mädchen aus dem Verkaufsbereich nach hinten ins Büro geschubst hätte. Die Sicherheitskameras hätten gefilmt, wie das Mädchen geklaut hatte. Ich hatte nicht die geringste Ahnung davon, dass es so etwas in den Läden gab. Ich weiß bis heute nicht, ob meine Mutter irgendwie Wind von der Sache bekommen hatte (was wahrscheinlich ist, da sie überall bekannt war und man sie darauf angesprochen haben musste) oder ob die Geschichte wirklich stimmte. Ich weiß nur, dass ich damit aufhörte, außerhalb des Hauses Dinge mitgehen zu lassen. Zu Hause allerdings bediente ich mich weiterhin an der Barschaft meiner Eltern.

Auch nach unserer Rückkehr nach São Paulo klaute ich meinen Eltern täglich Geld, jedes Mal mindestens fünfzig Real. Worauf es ankam, war das Gefühl des Verbotenen, denn ich bekam Taschengeld und hätte nur den Mund aufzumachen brauchen, wenn ich mehr wollte. Zweimal erwischte mich meine Mutter. Schluchzend, mit ehrlichen Tränen und wirklicher Scham, bat ich Sie jedes Mal um Verzeihung. Meine Mutter nahm die Entschuldigung an, was für mich ein Freifahrtschein dafür war, weiterzumachen wie bisher. Einmal bemerkte sie in meinem Beisein auch meinem Vater gegenüber, dass aus ihrem Portemonnaie Geld verschwunden sei – wohl in der Hoffnung, mich dadurch dazu zu bringen, aufzuhören. Vergebliche Liebesmüh ...

Ich begann, auch in der Schule zu klauen. Nur zehn Real hier und da, nicht viel. Ich wartete, bis die anderen auf dem Pausenhof waren, schlich mich dann ins Klassenzimmer zurück und durchwühlte die Rucksäcke. Bis zu dem Tag, an dem ein Mädchen aus meiner Klasse dreißig Real auf dem Pult liegen ließ, die ich, ohne mit der Wimper zu zucken, einsteckte. Das gab ein Gespräch mit der Schulleitung. Jemand hatte gesehen, dass ich in der Pause ins Klassenzimmer zurückgekehrt war, und verpetzte mich. Als die Direktorin mich zur Rede stellte, versuchte ich gar nicht erst zu lügen und gab alles zu. Sie fragte mich, ob ich Drogen nähme. Es wäre dumm gewesen, das zuzugeben, denn ich gab ja nicht alles, was ich klaute, für Gras aus. Also beschloss ich zu lügen. Zur Strafe sollte ich das Geld zurückgeben. Es ist wohl nicht schwer zu erraten, was ich tat: Ich klaute es meinen Eltern. Damit war der Fall erledigt, allerdings nicht ganz. Natürlich verschwand weiterhin

Geld in der Schule ... Ich wurde zwar verdächtigt, aber nicht erwischt.

Ich dachte wirklich, alles sei wieder in Ordnung, da ich das Geld ja zurückgegeben hatte. Aber die Direktorin bestellte meine Mutter in die Schule, um ihr alles zu erzählen. Meine Mutter war ganz entsetzt und wurde furchtbar böse auf mich. Es kam zu einem Streit. Aber ich war bereits an einem Punkt angelangt, an dem ich nicht mehr aufhören konnte, auch wenn ich das wollte. Ich musste immer mehr klauen, denn inzwischen hatte ich eine neue Sucht entwickelt: den Kaufzwang. Ich kaufte ausschließlich Firlefanz, aber das wie eine Besessene. Und dafür brauchte ich immer mehr Geld.

Die Sache war derart außer Kontrolle geraten, dass sogar die Dollars meiner Schwester dran glauben mussten (sie stammten von ihrer USA-Reise, auf der sie meinen Schwager kennengelernt hatte). Bevor sie zur Hochzeit wieder ins Ausland ging, ließ sie ihre Wohnung renovieren und brachte das Geld bei uns zu Hause unter, weil sie es vor den Handwerkern verstecken wollte. Ich stibitzte die eine oder andere Dollarnote, und ehe ich michs versah, waren sie alle weg. Ich begann, meine Bücher an Antiquariate zu verkaufen, bis ich kein einziges mehr hatte. Dann nahm ich welche aus dem Wohnzimmerregal.

Eines Tages, als niemand zu Hause war, begann ich, auf der Suche nach Geld die Schubladen zu durchwühlen. Dabei stieß ich auf ein Aufnahmegerät und einen Berg Minikassetten. Ich hörte sie an – und stellte fest, dass sämtliche meiner jüngsten Telefongespräche mitgeschnitten worden waren. Ich hatte zwar eine Menge auf dem Kerbholz, aber das war doch zu arg!

Zu Beginn des Jahres 2002 dachte ich mir: »Wenn ich genug Geld zusammenkriege, um mir alles zu kaufen, was ich will, höre ich mit der Klauerei auf.« Da fiel mir der Schmuck ein, den meine Mutter im Vorjahr zum Hochzeitstag bekommen und noch nie getragen hatte. Ich versuchte, nur den Ring zu verkaufen, aber niemand bot mir mehr als fünfzig Real dafür, auch wenn der Stein äußerst selten war. Vorübergehend gab ich die Idee auf, bis ich einer Eingebung folgend das gesamte Kästchen an mich nahm. Ich erfuhr von einem Laden, der Schmuck aufkaufte und gut dafür zahlte. Also nahm ich die Schatulle im Rucksack mit zur Schule. Ich hatte fast schon vergessen, was ich da mit mir herumtrug, als eine Freundin mich um etwas bat und ich ihr sagte, sie solle es sich aus meinem Rucksack holen. Es gab einen Skandal: Die Lehrerin unterbrach sogar den Unterricht und kam an unser Pult, um zu sehen, was los war, weil meine Freundin einen solchen Aufstand machte. Sie fragte, warum ich diese Wertsachen bei mir hätte, und ich log, ich hätte den Schmuck von meinem Verlobten geschenkt bekommen und wollte ihn einer Freundin für ein Fest leihen.

Nach der Schule machte ich mich auf den Weg in das Geschäft. Der Händler dort erkannte den Wert des Schmucks, wollte mir aber nur fünfhundert Real dafür zahlen. Natürlich lehnte ich ab. Ich kehrte mit dem Kästchen nach Hause zurück und stellte es wieder in den Schrank – auch wenn die Aussicht auf fünfhundert Real ziemlich verlockend war. Für ein siebzehnjähriges Mädchen war das viel Geld. Ich dachte an die Dinge, die ich mir von diesem Geld kaufen könnte – und konnte schließlich doch nicht widerstehen. Meine Mutter hatte den Schmuck schließlich nie getragen, sie würde ihn nicht einmal vermissen.

Am nächsten Tag klopfte ich den Deal fest. Dann setzte ich mich in ein Taxi und hatte sofort Gewissensbisse. Ich bat den Fahrer, umzudrehen, und kehrte ins Geschäft zurück. Kaum zu glauben, wie viel der Typ für den Rückkauf von mir forderte: zweitausendfünfhundert Real!!! Wo sollte ich so viel Geld hernehmen? Ich vergaß das Ganze. Was getan war, war getan.

Im Mai wollte meine Mutter den Schmuck auf einer Hochzeit tragen. Natürlich fand sie ihn nicht. Sie fragte mich sogar, ob ich das Kästchen gesehen hätte, was ich natürlich verneinte. Sie durchwühlte das ganze Haus auf der Suche nach dem Schmuck und legte schließlich anderen an. Ich war erleichtert, wenn auch nur für kurze Zeit. Am nächsten Tag, einem Samstag, stellte sie das ganze Haus auf den Kopf. Ich schwöre, dass ich ihr alles beichten wollte, aber ich wusste nicht, wie ich es anstellen sollte. »Es muss die Putzfrau gewesen sein!«, schloss meine Mutter. Ich versank vor Scham fast im Boden, denn unsere Putzfrau arbeitete bereits seit zwanzig Jahren bei uns, und ich fand es ungerecht, dass sie nun beschuldigt wurde. Aber ich schwieg weiterhin.

In der darauffolgenden Woche kam meine Mutter nach Hause und erzählte, die Schulleiterin habe sie angerufen, weil ich mich auffällig verhalten hätte. Ich würde meinen Freundinnen Geschenke machen (dabei hatte ich mich nur meiner Sammlung von Aufklebern und Briefpapier entledigt). Und dann kam das dicke Ende: Meine Mutter hatte die Geschichte vom Schmuck im Unterricht erfahren. »Wenn du das wirklich warst, will ich den Schmuck wiederhaben«, sagte sie in dem Glauben, dass ich ihn noch besaß. Es half nichts: Ich musste ihr alles beichten, auch den Verkauf. Sie wollte wissen, wie viel Geld ich für den Schmuck erhalten hatte, doch das verriet ich ihr nicht.

Es war der reinste Horror, auch wenn meine Mutter mir versprach, meinem Vater nichts davon zu erzählen, da sie Angst hatte, er könnte einen Anfall bekommen. Er zahlte wahrscheinlich immer noch die Raten ab! Vielleicht würde er mich sogar verprügeln.

Ein paar Tage später kam ich eines Mittags nach Hause, als meine Mutter dieses furchtbare Gesicht machte, das sie immer aufsetzt, wenn sie böse ist. Sie sagte nur: »Ich habe es nicht länger ausgehalten und deinem Vater alles erzählt.« Da kam mein Vater auch schon aus dem Wohnzimmer gestürmt. Ohne ein Wort fing er an, auf mich einzuprügeln, mit der Handfläche, der Faust, egal wie. Aus dem Nichts tauchten die anderen Familienmitglieder auf, meine Schwestern, ihre Freunde, mein Schwager. Wir bekamen Zuschauer. Mein Vater schleifte mich vor das Sofa und schlug weiter auf mich ein. Wenn er schwächelte, forderte ich mehr. Bisher hatte er es nicht geschafft, mich umzubringen; jetzt hatte er die Gelegenheit: »Bring mich endlich um. Du darfst mich umbringen.« Er rief: »Ich bringe dich um, ich prügele dich tot.«

Ich beschloss, ihm die Stirn zu bieten, und vergoss keine einzige Träne. Ich wollte mich stark zeigen, so verletzt ich auch war. Mein Vater sagte, er hätte bereits mit einigen befreundeten Richtern gesprochen und ich käme schnurstracks ins Heim. Ich steckte so lange Prügel ein, bis meine Eltern das Haus verließen, um mich anzuzeigen. Meine Schwestern bewachten und tadelten mich. Sie »erinnerten« mich daran, dass ich aus Liebe adoptiert worden war und alles hatte, was sie nicht gehabt hatten, da meine Eltern früher noch nicht so wohlhabend gewesen waren. Aber ich bot allen die Stirn, ohne selbst zu wissen, aus welchem Antrieb ich dies tat. Als er zurückkam, schlug mein Vater mich weiter, bis er sich abreagiert hatte. Ich ging in mein Zimmer und legte mich angezogen und ungeduscht ins Bett. Mein Vater stürmte noch einmal herein und verpasste mir mit den Worten »Hier hast du noch eine!« eine weitere Ohrfeige.

Das ging drei Tage so, dann hörte er auf, mich zu schlagen. Ich wurde nie wieder allein gelassen. Immer bewachte mich jemand, zu Hause, auf der Straße, auf dem Schulweg. Abends schlossen meine Eltern beide Wohnungstüren ab, bevor sie zu Bett gingen. Tagsüber schlossen sie die Tür zum Arbeitszimmer und ihrem Schlafzimmer ab, aus Angst, ich könnte noch etwas klauen.

Eine Woche später sagte mein Vater: »Heute ist dein Gerichtstermin.« Na gut. Wenn er mich schon nicht umgebracht hatte, war es immer noch besser, ins Heim zu gehen. Er und meine Mutter nahmen ein Taxi. Ich bekam eine U-Bahn-Fahrkarte und die Wegbeschreibung. Auf der Fahrt dachte ich daran, zu flüchten, beschloss jedoch, dem Richter gegenüberzutreten.

Als ich bei Gericht ankam, warteten wir in einem Raum zusammen mit Müttern, deren Söhne festgenommen worden waren und bei denen die Entscheidung darüber anstand, ob sie freigelassen würden. Als diese Jungen hereinkamen, die sich an den Händen hielten und gezwungen wurden, den Blick gesenkt zu halten, fingen viele der Frauen an zu weinen. »Such dir schon mal deinen neuen Freund aus«, knurrte mein Vater, wohl um mich noch mehr zu treffen. Meine Mutter schluchzte nur wortlos.

Wir wurden in den Sitzungssaal gerufen. Glücklicherweise war der Richter eine Frau. Mir schlug das Herz bis zum Hals. Zuerst sprach mein Vater. Anschließend bestätigte meine Mutter meine Aufsässigkeit und die Probleme, die ich verursachte, und sagte, sie wüssten nicht mehr weiter und seien enttäuscht. Als ich an der Reihe war, log ich, dass alles nur vom Kiffen käme. Da war zwar etwas dran, aber es war nur die halbe Wahrheit. Ich sagte, dass es mir leidtäte, obwohl es mir in Wahrheit egal war, ob ich ins Heim kam oder nicht.

Die Richterin hielt mir eine Predigt. »Ich kenne deine Familie, habe mit deiner Schwester zusammengearbeitet und weiß, was gute Menschen sind. An deiner Stelle würde ich das alles mehr schätzen. Du hast gute Schulen besucht und hattest keinen Grund dazu, das zu tun, was du getan hast. Da du sagst, das Problem sei das Kiffen, werde ich dich noch mal verschonen. Ich gebe euch eine Liste mit Entzugskliniken, damit du davon loskommst. Die Anzeige deines Vaters bleibt bei mir in der Schublade, denn ich bin mir sicher, dass dein Verhalten als Jugendsünde zu verbuchen ist und du dich ändern kannst. Du hast eine gute Schulbildung und gehörst nicht zu denjenigen, die nie eine Chance hatten. Selbst wenn deine Eltern dir nie eine Chance gegeben haben, dann gebe ich sie dir jetzt, damit du beweisen kannst, dass du dich ändern willst.«

Dabei blieb es dann …

Am Ende ging ich in überhaupt keine Klinik, denn mein

Vater hatte geschworen, keinen Cent mehr für mich auszugeben – und die Kliniken waren alle privat und teuer. Ich sah ihn zwar die Liste ein paarmal betrachten, aber das Thema wurde nie wieder erwähnt. Der Schwur, die Geldquelle auszutrocknen, wurde minutiös in die Tat umgesetzt. Ich kam auf eine staatliche Schule. Mein Taschengeld wurde einbehalten und ich wurde vom Fitnessstudio abgemeldet. Nur die Fahrkarten für den Schulweg bekam ich noch. Ich ging zu Fuß und verkaufte sie für zehn Real pro Woche – fast nichts, aber ich konnte wenigstens Zigaretten davon kaufen. Ausgehen? Daran war nicht zu denken …

Auf der neuen Schule lernte ich viele anständige Menschen kennen, aber auch viele, die abgerutscht waren, die klauten, auch wenn sie nicht unbedingt bedürftig waren … Fast ließ ich mich davon mitziehen, aber ich kam noch einmal davon.

Es gab einen kleinen Japaner, der hinter einem der Mädchen aus der Rua Michigan her war. Schließlich blieb er an mir hängen, weil sie ihn abblitzen ließ.

»Ich habe eine Phantasie.«

»Was für eine?«

»Ich stehe darauf, kleine Nutten zu rasieren.«

»Aber ich habe nur ganz wenig …«

»Macht nichts, ich will alles abrasieren und deine Muschi ganz kahl machen.«

Mein »japanischer Barbier« zog eine Rasierklinge und Rasierschaum aus seiner Aktentasche und rasierte die wenigen Härchen ab, die ich hatte. Danach war ich da unten ganz glatt – ein neues, erregendes Gefühl.

Ich versuchte, das Schäferstündchen fortzusetzen, aber er hatte seine Phantasie noch nicht zu Ende ausgelebt und wollte mich jetzt fotografieren. Ich erlaubte es ihm. Erst als er einen Haufen Fotos gemacht hatte, machte er sich über mich her. Das Gesetz des Buschs: Was du geschält hast, musst du auch essen. Erst nach diesem Ritual vögelten wir in aller Ruhe. Trotz der kleinen Perversion blieben wir beim Sex bei der guten alten Missionarsstellung.

Auf dem Strich begegnet man einer aufrichtigeren, weniger scheinheiligen Seite der Menschen. Sie verstecken ihre geheimsten Wünsche nicht, lassen den Phantasien freien Lauf, die sie sonst auch unter Folter niemandem verraten würden. Bei einem Freudenmädchen muss niemand Theater spielen. Die Menschen kommen zu mir, um ihre Phantasien auszuleben. Meine Vorstellung von dem, was normal ist, hat sich sehr verändert, seit ich vom Sex lebe. Trotzdem gibt es gelegentlich Situationen, die ich nicht vergessen kann.

Die Privatclubs, in denen ich angeschafft habe, wurden von sehr vielen verheirateten Männern, meist im Alter zwischen 35 und 45 Jahren, frequentiert, die wollten, dass ich den aktiven Part übernehme.

»Hast du Spielzeuge?«, fragten sie am Telefon.

»Ja, viele.«

»Welche denn?«

»Wir haben alles. Du musst mir nur sagen, womit du gern spielst.«

»Hast du einen Vibrator?«

Das ist eine ziemlich häufige Frage. Dadurch wurde ich zur regelmäßigen Kundin in Sexshops – eine so lustige wie perverse Welt. Hier gibt es unterschiedlichste »Spielzeuge«, Cremes, Kleidung, Kostüme, Parfüms, Dessous – und natürlich Kondome, die ich für meine Kunden kaufe. Eine Menge Leute überwinden ihre Hemmungen und betreten diese Läden möglichst unverdächtig auf der Suche nach Erregung. Riesige Dildos, Gummimuschis und aufblasbare Puppen sind zur Ansicht ausgestellt. In einem dieser Sexshops habe ich gesehen, wie ein Typ eine Gummipuppe kaufte, und ich dachte sofort: Wenn mir eines Tages mein Freund oder Ehemann beichtet, dass er schon mal mit so einem Ding gevögelt hat, ist es aus.

Inzwischen bin ich Kundin in einem Sexshop bei mir um die Ecke, den ich super finde: Nur Frauen haben Zutritt. Da sind wir ungestörter, ohne neugierige Männerblicke, die nur wissen wollen, was Frauen so kaufen. Und es gibt dort ein paar witzige Dinge, zum Beispiel einen Trinkhalm und ein Besteckset in Penisform, die ich für mich zu Hause gekauft habe. Manchmal gehe ich dorthin, nur um zu sehen, was es Neues gibt.

Zurück zum Thema: Manche Männer also wollen, dass ich den »Bruno« spiele und ihnen einen riesigen Vibrator hinten reinstecke oder dass ich sie rammle. Ich schiebe viele Nummern, die darin bestehen, den Bananengürtel anzuschnallen und sie mitleidlos anzubohren. Ohne falsche Bescheidenheit glaube ich, dass ich darin ziemlich gut bin. Die Typen sind oft normale Familienväter, denen du ihre Vorlieben auf der Straße nicht im Traum ansehen würdest. Aber ich habe nicht nur solche Papatypen gerammelt, sondern auch viele Muskelprotze aus dem Kraftraum, die als Macker herumlaufen und Vorurteile gegen Schwule haben, aber insgeheim darauf abfahren, auf allen vieren zu knien und besprungen zu werden. Ich glaube, sie haben nicht den Mut, sich einen Mann zu suchen, und fühlen sich weniger schwul, wenn sie von einer Frau bestiegen werden. Am Ende ist das in ihren Augen dann alles irgendwie ganz normal.

Oft kommt es vor, dass Mann keinen hochkriegt. Das ist ganz normal – nur die Männer wissen das nicht … Einmal kam ein Teenager zu mir, ein langer Lulatsch, der vor Schüchternheit fast im Boden versank. Ich umarmte ihn, wobei mein Ohr an seinem Herzen lag, weil ich so klein bin. Es klopfte ihm bis zum Hals, er war total aufgeregt. Wir sprachen nicht viel, aber ich muss sagen, dass es eine »exotische« Nummer wurde. Er begann, an meinen Brüsten zu nuckeln, aber in einer Art, die mir neu war: Er saugte wirklich daran wie ein Baby! Und damit hielt er sich ziemlich lange auf. Als er losließ, drückte ich heimlich an einer Brustwarze, um zu sehen, ob am Ende sogar Milch herauskam …

Anschließend kam ich mit dem Nuckeln an die Reihe. Ich glaube, er hatte sich seit langem keinen mehr runtergeholt, denn er spritzte reichlich ab. Sein Gerät pulsierte noch eine ganze Weile in meinem Mund.

Ich ging ins Bad, um mich sauberzumachen, und als ich zurückkam, nahm er sofort meine Hand und führte sie zu seinem schlaffen Pimmel. Wow! Er will noch nicht mal die vorschriftsmäßige Pause einhalten! Ich begann, sein ermüdetes Glied erneut zu lutschen. Nun gut, damit war ich dann eine geschlagene halbe Stunde beschäftigt. Es gibt nichts Schlimmeres, als so ein schlaffes Teil im Mund zu haben. Und der Lümmel stand auch nicht wieder auf. Sein Besitzer kann von Glück sagen, dass ich ihm den Speichel, den mich das gekostet hat, nicht extra in Rechnung gestellt habe. Der Junge wurde währenddessen langsam sauer und beschimpfte seinen Penis, als könne dieser ihn hören. Dann war es ihm mir gegenüber peinlich, beim zweiten Mal versagt zu haben. Dabei habe ich es noch nie erlebt, dass einer zweimal gekommen wäre, ohne ihn zwischendurch rauszuziehen. Schließlich ging er ins Bad, um zu wichsen und ihn dadurch wieder hochzukriegen. Woher ich das weiß? Weil sein wippender Schatten an der offenen Tür zu sehen war. Ein typischer Fall eines mentalen Problems.

Ein Schlusspunkt mit zwei verschiedenen Urteilssprüchen. Das war der Saldo des Streits mit meinem Vater. Ich musste weglaufen, mein eigenes Leben anfangen, bevor er entschied, ob und wie ich es zu leben hatte. In unserem Haus der verschlossenen Türen war ich eine Art menschliches Versuchskaninchen. Zuerst die Riegel, dann die Tonbandaufnahmen – und jetzt das völlige Schweigen: In diesen vier Wänden sprach niemand mehr mit mir. Nur noch mein Kätzchen leistete mir ein wenig Gesellschaft. Und das passierte gerade mir, die ich nichts mehr fürchtete als das Alleinsein.

Zufällig hörte ich eines Abends, wie meine Eltern sich darüber unterhielten, mich wegzuschicken, ohne dass der Ort näher benannt wurde. Ich wusste nicht, was ich denken sollte. Ich fühlte mich wieder wie ein kleines Mädchen, das allein und verängstigt (ich bin heute noch ängstlich) in seinem dunklen Zimmer hockt und sich steif vor Schreck vorstellt, unter seinem Bett lauere ein Ungeheuer. In meinem Fall schlief selbiges im Nebenzimmer und seine Bosheit bestand in einem unaussprechlichen Geheimnis. Wenn ich davor verschont geblieben war, ins Heim zu kommen, was planten sie stattdessen? Damit begann die längste und düsterste Reise hinein in die Dunkelheit meines Lebens.

Im Juli teilte meine Mutter mir mit, dass ich am nächsten Tag an die Küste fahren würde. Wer schickt seine Tochter nach so einer verrückten Geschichte an den Strand, damit sie sich dort amüsiert? Am Schweigen meiner Mutter erkannte ich, dass es sich nicht um eine Friedensgeste handelte, sondern dass sie etwas im Schilde führten, um mich loszuwerden.

Kaum zu glauben, aber mein Vater gab mir für zwei Wochen nur 50 Real mit. Ich würde zwar bei einer Freundin meiner Eltern untergebracht sein, aber trotzdem würde dieser lächerliche Betrag kaum für den ersten Tag reichen. Da ich von niemandem mehr Geld mitgehen lassen und auch nicht geborgt haben wollte, kam mir zum ersten Mal der Gedanke, für Geld zu poppen. Keine Ahnung, wie ich darauf kam. Eines Abends ging ich allein auf der Strandpromenade spazieren und versuchte, die Männer anzumachen, die ohne Begleitung unterwegs waren. Wenn einer anbiss, wollte ich ihm sagen, ich sei käuflich und er müsse für ein Schäferstündchen mit mir bezahlen. Mehrere Männer blieben stehen und einige kamen sogar auf mich zu. Dann verließ mich aber der Mut und ich sagte nichts. Ich konnte oder wollte es nicht wirklich, und ich hatte auch keine Ahnung, wie man seinen Körper verkauft. Also gab ich auf und borgte mir Geld von einem Freund, der auf mich stand. Er gab mir

150 Real. »Gib mir das Geld wieder, wenn du kannst.« Ich habe ihn nie wiedergesehen …

Als ich von diesem Strandurlaub zurückkehrte, so glücklich wie seit langem nicht mehr, ohne zu wissen, warum, wandten meine Eltern nicht einmal den Blick vom Fernsehschirm, als ich mit den Worten »Ich bin wieder da!« hereinkam. Meine Mutter sprach nie wieder mit mir. Es hätte mir nichts ausgemacht, wenn mein Vater mich nie mehr angesehen hätte. Aber nie wieder zu hören, wie die warme Stimme meiner Mutter mich rief, ließ in mir das Gefühl einer todgleichen Einsamkeit aufsteigen – etwas, was ich nie mehr erleben möchte.

Dieses bleierne Schweigen hielt tagelang an. Was auch immer meine Eltern mit mir vorhatten – ob sie mich auf ein Internat schicken oder aus dem Haus werfen wollten –, ich würde nicht warten, bis es so weit war. Meine Zeit hier lief ab. Ich begann, Zeitungen zu kaufen, um die Stellenanzeigen durchzusehen, und merkte, dass meine Unerfahrenheit eine unüberwindliche Hürde auf dem Weg zu einem normalen Job war. Für Mädchen wie mich gab es nur einen Ausweg – und so begann meine Pilgerschaft durch die Häuser, die in Zeitungsannoncen nach Mädchen zwischen 18 und 25 Jahren suchten, die »tausend Real pro Woche« verdienen wollten.

Ich suchte Massagesalons, Privatclubs und sogar Diskotheken auf. Am 8. Oktober 2002, zwanzig Tage vor meinem 18. Geburtstag, nahm ich all meinen Mut zusammen und verkündete meinem Vater, dass ich ausziehen würde, um arbeiten zu gehen. Er sagte zum x-ten Male, dass er mir nichts geben würde, wenn ich auszöge, und fragte, wie ich meinen Plan zu finanzieren gedächte. In meiner grenzenlosen Naivität, aber mit dem festen Willen, ihm die Stirn zu bieten, sagte ich ihm, dass ich Masseuse für Geschäftsleute würde. Das glaubte ich wirklich, denn in den Anzeigen stand es so: Massage. Ein Mädchen in einem Etablissement, das ich aufsuchte, hatte mir auch erzählt, dass die Massage soundso viel kostete und dass der Kunde, der Sex wollte, dem Mädchen auf dem Zimmer die Differenz zahlte. Ich selbst würde bei der Massage bleiben.

Mein Vater bekam natürlich einen Wutanfall. Ich bereitete mich auf weitere Prügel vor. Doch statt seiner schweren Hand erreichte mich seine entgeisterte Stimme. Er versuchte, mit mir zu reden. Zwar nervös und wütend, aber immerhin. Leider war es dafür zu spät und er hatte auch nicht das geringste Talent für die Bewältigung solch einer Situation. Alles, was er mir ein Leben lang nicht gesagt hatte, insbesondere seit zu Hause die »Schweigepflicht« herrschte, kotzte er an jenem Abend aus. Im Grunde wollte er, dass ich mein Vorhaben aufgab, auszuziehen. Ich hörte ihm schweigend zu, was seine Wut noch steigerte. »Herumtreiberin« ... »Blutsaugerin« ... »Hure« ... Atemlos überschlug sich seine Stimme. Ich meinerseits beharrte ebenso aufrichtig wie naiv: »Aber Vati, es ist doch nur Massage, kein Sex. Ich mache bestimmt keinen Sex, ich mache doch nur Massage.« Ermattet beendete er das Gespräch mit einer Verwünschung, die einem Todesurteil gleichkam: »Alle Nutten haben Aids. Es ist bedauerlich, dass du einsam an Aids zugrunde gehen willst.«

Also gut: Wenn ich eine Nutte sein musste, um frei zu sein, dann war es eben so. Selbst wenn ich sterben musste.

Ich habe mit vielen Männern geschlafen. An einige kann ich mich nicht einmal mehr erinnern. Natürlich gibt es auch welche, die ich nie vergessen habe. Wie einen extrem anhänglichen Typen, der eines Tages bei mir auftauchte. Er war schwer komplexbeladen und verunsichert, eine traurige Figur. Er sprach verträumt mit sich selbst und begann plötzlich, das Lied mitzuträllern, das gerade im CD-Spieler lief. Ich gebe zu, dass mich diese Szene rührte. Ich hatte einen Mann vor mir, der eine Zuflucht brauchte. Aber nicht nur deshalb hat er in mir Spuren hinterlassen.

Als ich seinen nackten Körper sah, bekam ich einen Schrecken. Er war völlig abgemagert – sein Schwanz hingegen war riesig! Ich glaube, es war der größte, den ich je gesehen habe.

Die Nummer lief fatal, denn ich sorgte mich die ganze Zeit darum, was er wohl fühlen mochte. Er brauchte offensichtlich Hilfe, und ich wusste nicht, was ich machen sollte … Außerdem konnte ich ihm nicht richtig einen blasen, denn sein Ding war so groß, dass ich nur die Eichel in den Mund nehmen konnte. Und der Versuch, ihm einen Gummi überzuziehen, war anstregend wie eine Geburt. Das Kondom war sehr eng und gleichzeitig schrumpfte sein Glied. Trotzdem gelang es uns, ein bisschen zu vögeln. Es war eines der wenigen Male, bei denen ich spürte, wie ein Penis an meine Gebärmutter stieß. Immerhin ein neues Gefühl.

Er kam wichsend über meinen Brüsten, verspritzte einen Liter Ladung und verschwand. Ich blieb mit dem komischen Gefühl zurück, dass bei der Nummer etwas gefehlt hatte. Aber was? Hätte ich etwas sagen sollen? Wahrscheinlich bilde ich mir das auch nur ein.

Im Dezember 2003 kaufte ich mir einen Computer, um eine Möglichkeit zu haben, die Einsamkeit zu überwinden. Ich war immer ganz verrückt danach gewesen, im Internet zu surfen, und wurde angesteckt von der Faszination der Online-Tagebücher. Diese *Blogs* stellte inzwischen jeder ins Netz, der das wollte. Ich beschloss, nach Online-Tagebüchern von Freudenmädchen zu googeln. Ich wollte ihr Leben, ihren Alltag kennenlernen und mit meinem vergleichen. Immerhin findet man im Internet doch alles, oder? Aber Überraschung: Suche erfolglos! Ich recherchierte weiter über alle Suchmaschinen, die mir einfielen – nichts!

Ich lebte allein, ein Zustand, den ich schon damals überhaupt nicht abkonnte. Ich hatte ein Mädchen kennengelernt, das wirklich o.k. war, Gabi. Sie hatte im gleichen Gebäude eine Wohnung gemietet wie ich (und ist heute meine beste Freundin). An einem Abend, an dem ich total deprimiert war, rief ich sie an und fragte sie, ob sie mir Gesellschaft leisten wollte. Aber sie hatte keine Zeit und ich drehte fast durch. Also beschloss ich, alles, was ich eigentlich ihr an jenem Abend erzählen wollte, in ein Online-Tagebuch zu schreiben. Irgendjemand würde es schon lesen. Vielleicht sogar jemand aus meiner Familie? Im Grunde war es ein Hilferuf. Ich suchte nach einem Retter vor mir selbst, meinem Leben, meiner Geschichte.

Um die Verzweiflung loszuwerden, heulte ich mich im Netz aus. Ich war wirklich völlig am Boden. Ich fasste mein bisheriges Leben zusammen und kam zu dem Schluss, dass es sich nicht lohnte, auf den Strich zu gehen, und dass ich wünschte, die Zeit zurückdrehen zu können. Das alles im Online-Tagebuch eines Callgirls …

Am nächsten Tag, als es mir ein bisschen besser ging, löschte ich alles rasch wieder. Die Leute würden ja denken, dass ich nicht nur Nutte, sondern auch noch verrückt war! Mein Zustand lag vermutlich daran, dass Weihnachten vor der Tür stand. Ich dachte an meine Mutter, mein Zuhause. Meine Begeisterung für das *Blog* kühlte vorübergehend ein bisschen ab.

Am ersten Januar 2004 entschloss ich mich jedoch, das Tagebuch wieder aufleben zu lassen. Ich beschloss, darin von meinem Alltag zu berichten, anstatt mich auszuheulen. Ich würde außerdem detailliert festhalten, was bisher in meinem Notizbuch gelandet war, insbesondere, was die einzelnen Kunden anging. Schon lange hatte ich mir vorgenommen, meine Erfahrungen ausführlicher niederzuschreiben, sobald ich mich zur Ruhe gesetzt haben würde – zum Beispiel darüber, dass schätzungsweise siebzig Prozent meiner Kunden verheiratet sind. Ich frage sie immer, warum sie ihre Frau betrügen und auch noch dafür bezahlen. Darauf bekomme ich in der Regel eine von zwei Antworten: Entweder törnt ihre Frau sie nicht mehr an oder sie können nicht alle Phantasien mit ihr ausleben … Nur zwanzig Prozent meiner Kunden sind überzeugte Singles, die keine Zeit oder Geduld zum Ausgehen haben (oder denen es nicht gelingt, jemanden zu erobern), und die restlichen zehn Prozent sind verlobt bzw. haben eine Freundin.

Ich konnte mir anfangs gar nicht vorstellen, dass mein Geschreibsel irgendwen interessieren würde. Aber ich würde meinen Spaß daran haben, die Schäferstündchen zu klassifizieren und zu erzählen, wie sie gewesen waren. Und zu diesem Zweck erfand ich folgende »Kategorien«:

- **Mechanisches Vögeln**: Wenn absolut keine Anziehung da ist, ich müde bin und keine Geduld habe. Dann gucke ich auf die Uhr und die Zeit vergeht nicht; ich mache alles lustlos, auch wenn ich tue, was ich kann, damit der Kunde schnell kommt und wieder abhaut. Manchmal schnaufe ich sogar missmutig. Wenn dann der Kunde noch vorschlägt, die Stellung zu wechseln, antworte ich mit einem ungeduldigen »Hmpf« – ich kann ja nicht anfangen zu fluchen. Ich gebe mir in solchen Fällen noch nicht einmal die Mühe, zu stöhnen.
- **Verliebtsein**: Wenn es knistert, als wären wir wirklich verliebt und es wäre unser erstes Mal, zum Beispiel in einem Motel, und wir uns küssen, streicheln, zärtlich sind und es ganz behutsam in Missionarsstellung tun.
- **Ferkelei**: Das muss ich nicht übersetzen, oder? Dann fühle ich mich wirklich als Nutte, ficke mit Lust, schwer zu erklären … Bei den anderen beiden Kategorien fühle ich mich irgendwie nicht als Nutte. Hier schon.

Damals betrieb ich mein *Blog* bei einem Internet-Provider. Eines Abends wollte ich neue Einträge hinzufügen – und erhielt die Meldung »falsches Passwort« Da Freitag war, musste ich bis Montag warten, um herauszufinden, was passiert war.

Am Sonntag beschloss ich, es erneut zu versuchen,

und zu meiner Überraschung stellte ich fest, dass ich ein neues Tagebuch hatte, das gar nicht mehr meins war! Ich schloss daraus, dass jemand mein Passwort geklaut hatte … Ich heulte vor Wut! Am Montag rief ich bei meinem Provider an und konnte mit dem Verantwortlichen verbunden werden. Ich erklärte ihm, was passiert war, und eine Woche später hatte ich tatsächlich wieder ein Passwort. Während dieser Tage schrieb der oder die Unbekannte allerdings weiter schamlos in »meinem« *Blog*.

Ich fürchtete, dass er oder sie etwas schreiben könnte, was mich kompromittieren würde. Aber das geschah nicht. Der Schreiber begnügte sich damit, mich ziemlich perfekt zu imitieren; bei einigen Einträgen konnte man fast glauben, ich selbst hätte sie geschrieben.

Ich löschte alles, was ich nicht geschrieben hatte, und erklärte den Lesern, was passiert war. Es vergingen vier Wochen, dann wurde mein Passwort erneut geklaut. Diesmal war es dramatischer, denn die Person schrieb nicht nur unter meinem Namen, sondern stellte Dateien von meiner Festplatte ins Netz, die ziemlich heikle Informationen enthielten. So landeten auch einige Kapitel meines Buches im *Blog*.

Diesmal vergoss ich mehr Tränen und tat mehrere Nächte kein Auge zu, weil ich mich fragte, wer das getan hatte und warum. Auch diesmal gelang es mir, das Problem zu regeln, aber ich gab es auf, dieses *Blog* weiterzuführen.

Dann machte mir ein befreundeter Informatiker den Vorschlag, eine eigene Website einzurichten, auf der ich das Tagebuch weiterführen und sogar Fotos von mir veröffentlichen konnte.

Damit begann mein Erfolg. Durch die Fotos konnte ich auch diejenigen überzeugen, die nicht glauben wollten, das das *Blog* wirklich von einem Callgirl stammte. Ich bekam bis dahin täglich Mails von Lesern, die daran zweifelten. Viele glaubten sogar, dass hinter den Einträgen ein Mann steckte, der seiner Phantasie freien Lauf ließ.

Durch den Wechsel der Webadresse wurde mein *Blog* nun regelrecht berühmt (auch wenn viele glaubten und noch glauben, der Verlust meiner Passwörter sei nur ein Werbetrick gewesen, um auf mich aufmerksam zu machen). Von einem Tag auf den anderen hatte ich so viele Besucher, dass ich erschrak. Niemals hätte ich mir träumen lassen, dass das so weit gehen würde. Am Anfang machte mir das Angst. Die Vorstellung, dass ein Haufen Leute über dein Leben Bescheid weiß, ist schon komisch – so als wären sie bei dir eingebrochen und hätten deine Schubladen durchwühlt. Doch eigentlich war genau das passiert, was ich mir gewünscht hatte, nämlich dass die Leute von meinem öffentlichen Leben erfuhren – also nicht dem von Raquel, sondern dem von Bruna Surfistinha.

Es war die letzte Nacht im Haus meiner Eltern. Das Gespräch hatte mich sehr getroffen. Mein Vater hatte kein bisschen Vertrauen mehr in mich. Er hatte es geschafft, mir das Gefühl zu geben, nichts wert zu sein. Ich schwor mir, dass ich so etwas nie wieder zulassen würde, weder bei ihm noch bei irgendeinem anderen Mann. In wenigen Stunden würde ich frei sein, könnte gehen, wohin ich wollte, und tun, was mir in den Sinn kam …

Tagebuch eines Callgirls

Mittwoch, 28. Juni – Erste Nummer

Kundenprofil: Zu Anfang total spitz. Danach aber sogar noch ganz gut. Er ist ziemlich pervers. Kein Knistern und keine Anziehung.

Stil der Nummer: mechanisch.

Interessant: Er vögelte mich in die Muschi und dachte, es wäre mein Arsch … Daran bin ich aber nicht schuld – Ehrenwort.

Lustig: Er war sich hundertprozentig sicher, dass ich einen Joint geraucht hatte. Stimmte aber nicht.

Erste Halbzeit: Wir haben uns gegenseitig geleckt, aber keiner von uns ist dabei gekommen. Glücklicherweise. Dann habe ich ihn geritten, bis er die Augen verdrehte.

Zweite Halbzeit: Ich habe mich in Hündchenstellung vor ihn gekniet und er hat mir (unwissentlich, wie gesagt) meine Muschi angeschärft, bis er kam.

Seit Juni 2004 waren meine Berichte auf meiner Website www.brunasurfistinha.com alle ähnlich wie dieser: genormt, knapp, wenig Details. Ich schob damals bis zu zehn Nummern täglich, sodass mir nicht mehr viel Zeit blieb, alles aufzuschreiben. Es reichte zwischen einer Nummer und der nächsten gerade, alles auf einem Zettel zu notieren, damit ich es später in den Rechner hacken konnte. So wurde ich zu einer Art Muse für die Wichsphantasien von Buben und Mannsbildern. Und ich erreichte einen gewissen Bekanntheitsgrad. Das war nicht unbedingt das, was ich wollte, aber wenn es schon einmal passiert war ...

Im August 2004 meldete sich die Zeitschrift *Época*, weil sie ein Interview mit mir bringen wollte, und auch eine Sondernummer der Zeitschrift *Capricho* veröffentlichte einen Artikel über mich. Ich gab der *Vip*, verschiedenen Tageszeitungen und ein paar Erotikblättchen Interviews, fand auf verschiedenen Websites Erwähnung und beteiligte mich an Chats, und eines Tages wurde ich in die Sendung *Superpop* von Luciana Gimenez eingeladen. Das war eine doppelte Chance: Erstens würde ich mein Gesicht zeigen können, damit die Leute endlich glaubten, dass es mich wirklich gab (denn inzwischen waren lauter falsche Brunas aus dem Boden geschossen, wie etwa eine gewisse Samara, die sich in der Online-Community *Orkut* für mich ausgab und sogar eine Community gründete, die NULL BOCK AUF BRUNA hieß).

Zweitens glaubte ich, dass meine Eltern mich sehen und erfahren würden, dass ich zwar wirklich als Hure arbeitete, es mir aber gut ging. Ich lief ja nicht etwa abgetakelt und heruntergekommen herum. Sogar bei den Interviews hat mich immer dieser Wunsch geleitet, auch bei dem für die Radiosendung *Pânico* (die übrigens super witzig ist).

Ich glaube, die ganze Sache ist für uns alle eine wichtige Lektion. Ich hoffe inständig, dass eines Tages, wenn das alles vorbei ist, meine Eltern und ich uns wieder einander annähern können.

An dem Tag, an dem ich in der Sendung *Superpop* auftrat, begann der Trubel bereits, bevor ich auf den Bildschirmen erschien oder überhaupt das Haus verließ. Der Wagen des Senders fuhr bei meinem Wohnhaus vor, und der Fahrer bat den Pförtner darum, mir Bescheid zu geben. Dieser fragte natürlich gleich, ob ich im Fernsehen auftreten würde, und sah sich die Sendung, die live war, selbstverständlich an. Es erübrigt sich zu sagen, dass die Geschichte sich in der Nachbarschaft verbreitete wie ein Lauffeuer.

Die Art, wie mich die Hausmeister behandelten, veränderte sich dadurch grundsätzlich nicht. Eine Zeitlang behauptete der Verwalter, die anderen Mieter würden sich darüber beschweren, dass ich so viele Männer ins Haus ließe. Ich hatte aber noch nie jemanden auf dem Flur gesehen … das war wohl eher sein persönliches Problem. Immerhin, als die Leute merkten, dass ich »berühmt« geworden war, begannen sie, mich mit größerem Respekt zu behandeln.

Donnerstag, 13. Juli

Ich wollte es immer schon mal mit einem Callboy tun. Ob sie gegenüber ihren Kunden genauso aufmerksam sind wie ich gegenüber meinen? Ob sie es wirklich schaffen, einer Frau Lust zu bereiten, sodass sie ganz nass wird und wirklich abzischt wie eine Rakete?

Viele dieser Callboys wohnen im gleichen Gebäude

wie ich. Sie sahen alle süß aus, machten aber entweder einen auf bad boy oder waren super gestylt. Da Neugier siegt, insbesondere, was mich betrifft, beschloss ich, es auszuprobieren.

Keine Ahnung, wie ich die Erfahrung beschreiben soll. Es war einfach … GRAUENHAFT! Wir waren beide wie Sexmaschinen: Er spielte auf der einen, ich auf der anderen Seite Theater. Es war wie eine Choreographie, bei der ich mit meinen, er mit seinen Tricks aufwartete: Küssen, Saugen, Lecken, Penetrieren … völlig grotesk. Aber das war noch nicht das Schlimmste. Als mir plötzlich einfiel, dass die meisten seiner Kunden Männer waren, war es mit meiner Lust endgültig vorbei. Nichts für ungut, aber ich finde, da geht es bei mir mit meinen Kunden weniger mechanisch zu. Und weil ich nichts dafür zahlen musste (er natürlich auch nicht), gab es auch keinen Grund, das Ganze als »Gratisprobe« für professionellen Sex anzusehen …

Ich stellte fest, dass das *Blog* nicht nur viele anzog, die noch nie bei mir gewesen waren, sondern außerdem ein Extra für meine Kunden sein konnte. Die wurden nämlich total scharf darauf, zu erfahren, wie ich ihre Performance bewertet hatte. Deshalb findet sich auch bis heute folgender Hinweis darin: DIE EXOTISCHSTEN UND GEILSTEN NUMMERN DER WOCHE. VERZWEIFLE NICHT, WENN DU DIE NUMMER, DIE DU MIT MIR GESCHOBEN HAST, HIER NICHT FINDEST. VERSUCH ES EINFACH NOCH MAL … Und viele haben es wirklich häufig versucht. Gut fürs Geschäft, was?

Als sich mein Tagespensum auf fünf bis sechs Nummern täglich eingependelt hatte (von Montag bis Freitag, immer nur nachmittags), beschloss ich, meinen *Blog* schärfer zu machen, natürlich nach wie vor, ohne die Kunden bloßzustellen. Nur derjenige, der gemeint ist, kann sich in dem jeweiligen Eintrag wiedererkennen. Es gibt Dinge wie eine Tätowierung, der genaue Ort eines Piercings, irgendein Detail an Körper oder Persönlichkeit, die den Typen verraten können, und das ist nicht meine Absicht. Es gibt durchaus Nutten, die ihre Kunden irgendwann das Leben zur Hölle machen und sie sogar erpressen. Das ist definitiv nicht meine Sache.

Immer wieder werde ich danach gefragt, ob ich bei den Nummern Lust empfinden kann. Aber natürlich! Auch wenn ich noch so professionell bin: Wenn die Chemie stimmt und der Typ mich anmacht, wieso soll ich es dann nicht genießen? Schließlich besteht meine Arbeit doch gerade darin, Spaß zu haben. Ich werde dafür bezahlt, die Phantasien der anderen zu verwirklichen. Und auch wenn ich noch so viele eigene habe, behalte ich sie für mich. Als »juristische Person« habe ich meine professionelle Routine, meine »Bruna-Qualitätsnorm«.

Trotz der lustvollen Seite und der Tatsache, dass ich so viele Leute »kenne«, fühle ich mich manchmal einsam. Ich mag es nicht, allein zu sein, brauche jemanden, um den ich mich kümmern kann und der sich um mich kümmert. Ich bin ja keine Maschine. Ich merke, dass etwas Schönes laufen wird, wenn der Kunde wirklich daran interessiert ist, mir Lust zu bereiten. Und wenn es das ist, was er will, warum soll ich ihn dann nicht gewähren lassen?

Klar, manchmal läuft einfach nichts, auch nicht, wenn ich meine »Innengymnastik« einsetze, wie ich es nenne – mit der Scheidenmuskulatur »pumpe«, um den Orgasmus zu steigern. Das mache ich bei Kunden, die darauf bestehen, dass ich komme. Damit es schneller geht ... Aber die erwähne ich dann bestimmt nicht in meinem *Blog* ...

Trotz des Lebens, das ich führe, habe ich, abgesehen von vielen komplizierten Geschichten, auch einige Geliebte gehabt. Die letzte Beziehung hat vier Monate lang gehalten. Das klingt nach nicht allzu lange, aber für jemanden wie mich ist das doch beachtlich. Wir hatten uns über einen gemeinsamen Freund kennengelernt (mit dem ich häufig telefoniere und lange Gespräche führe – ohne aber mit ihm ins Bett zu gehen. Ich schlafe nicht mit Kumpels). Eines Abends war Gabi da und wir langweilten uns. Also rief ich meinen Kumpel an und bat ihn, für Gabi auch noch einen Freund mitzubringen. Ich wollte wirklich nur Gesellschaft, zusammensitzen und über alles Mögliche reden. Falls doch etwas laufen würde, wäre es rein privat.

Mein Kumpel brachte wirklich einen Freund mit: meinen Liebsten! Als wir uns sahen, war es wie im Kino: Wir waren beide hin und weg. Er wusste, wer ich war, dass ich Nummern schob und so. Trotzdem blieb er an dem Abend da und wir verliebten uns ineinander. Es war ein wunderschönes Gefühl: Ich war wieder eine Frau, die einen Mann mochte und wirklich etwas für ihn empfand.

Die Beziehung war so wie bei jedem anderen Mädchen meines Alters auch: Wir gingen aus, ins Kino oder tanzen, hingen gemütlich zu Hause ab, hatten Spaß miteinander, unterhielten uns und vögelten natürlich auch. Ich kann den beruflichen Sex vom Sex mit dem Geliebten gut trennen. Letzterer geschieht mit Liebe oder Leidenschaft, je nachdem, worin der Kick der Beziehung besteht. Mein Kopf und mein Körper können müde sein, aber wenn ich den Menschen treffe, mit dem ich zusammen bin, will ich wirklich mit ihm schlafen. Auch wenn mich das manchmal viel Energie kostet, wäre es schrecklich, dem Partner keine Aufmerksamkeit zu schenken. Schließlich muss er es schon ertragen, mit einer Nutte zusammen zu sein, dann kann ich ihn nicht auch noch im Bett vernachlässigen!

Obwohl er von Anfang an alles über mich und auch von denen wusste, die es vor ihm gab, hielt er der Belastung nicht stand, die mein Beruf und das Licht der Öffentlichkeit mit sich brachten, in das ich wegen meines *Blogs* und all dem Drumherum geriet. Wie schade: Denn meine »Viertelstunde Ruhm« wird vergehen, und ich werde immer die bleiben, die ich bin.

Während ich im Scheinwerferlicht stand und bei Interviews und Fernsehauftritten viel Aufmerksamkeit erhielt, meldeten sich auch Leute bei mir, die mich von früher kannten. Einige in freundschaftlicher Absicht, andere aber auch, um mich daran zu erinnern, dass es zu jeder Zeit seinen Preis hat, eine Nutte zu sein. Der Anruf eines Jungen, mit dem ich zur Schule gegangen war, zog mich wirklich nach unten. »Hey, Raquel, wer hätte das gedacht! 'ne Nutte geworden!« Was mich am meisten schmerzte, war seine Absicht, mich zu verletzen. »Alle anderen aus unserer Klasse sind an der Uni, nur du bist

Nutte geworden.« Er machte mich schlecht, traf mich auf eine Weise, auf die ich gut hätte verzichten können. Dabei hatte ich mich selbst schon manchmal gefragt, was aus meinen Klassenkameraden geworden war, ob sie alle Karriere gemacht hatten. Bis heute verstehe ich nicht recht, was ihn dazu getrieben hat. Was hat er damit gewonnen? Aber natürlich: So kann es kommen, wenn man das tut, was ich tu …

Manche meinen, dass Freudenmädchen niemals aus purer Lust vögeln. Was für ein Unsinn! Das wäre so, wie wenn man behauptete, ein Koch habe niemals Hunger. So befriedige ich mich noch immer regelmäßig selbst, obwohl ich vom Sex lebe. Ich möchte durchaus auch meine eigenen Phantasien ausleben. Das letzte Mal, als ich mich deswegen als »natürliche Person« danebenbenommen habe, hat allerdings dazu geführt, dass der betreffende Typ seinen Arbeitsplatz verloren hat. Ich war mit meiner Freundin Natalia, die bei arrangierten Orgien das »Cousinchen« spielt (sofern die Kunden nicht ihr eigenes »Cousinchen« mitbringen) ausgegangen, einfach nur zum Spaß, und ich habe im *Blog* geschrieben, in welchem Laden wir waren. Das hat wahrscheinlich irgendein Denunziant gelesen und weitererzählt, worauf der Typ, der in ebendiesem Laden arbeitete, entlassen wurde. Ich hatte ein ziemlich schlechtes Gewissen, denn es war schließlich in seiner Arbeitszeit passiert und nicht in meiner … Ich hatte viel getrunken, und wenn ich betrunken bin, verliere ich die Kontrolle. (Übrigens glaube ich, dass alle Frauen in so einer Situation auf Touren kommen und dann leicht zu haben sind.)

Der Laden hat zwei Stockwerke, und ich war im oberen, wo er an der Bar arbeitete. Ich bemerkte, wie er mich anschaute – und schaute logischerweise zurück, flirtete hemmungslos mit ihm. Irgendwann ging ich an die Bar, um mir ein neues Bier zu holen. Er schmeichelte sich ein. Ich konnte mich nicht zurückhalten und gab ihm einen Kuss. Dann bat ich ihn um eine Serviette, um ihm meine Telefonnummer aufzuschreiben, damit wir uns außerhalb des Ladens treffen konnten. Er hatte einen Gegenvorschlag: »Nein, lass uns einfach Folgendes machen: Ich gehe aufs Klo, du wartest ein bisschen und kommst dann nach.« Es wurde über eine halbe Stunde daraus … Als wir fertig waren, stand eine Riesenschlange vor der Tür. Es war das einzige Klo für Männer und Frauen und ich versank vor Scham fast im Boden. Aber immerhin: Seit langem hatte ich mal wieder mit jemandem gevögelt, mit dem ich es selbst wollte. Ich hatte das wirklich gebraucht.

Ich hatte bereits die Hoffnung aufgegeben, jemals wieder einen richtigen Freund zu haben. Doch am Valentinstag 2005 fühlte ich mich wieder wie ein Mädchen wie jedes andere: Mir wurde ein Antrag gemacht. Genau das!!!! Von Pedro. Er war verheiratet, erzählte mir immer von seinen Eheproblemen und dass er sich wegen seiner kleinen Töchter eigentlich nicht trennten könnte. Er war noch nie mit einem leichten Mädchen wie mir ausgegangen, las aber immer meinen *Blog*, was ihn neugierig auf mich gemacht hatte, sodass er, wie er es ausdrückte, zu meinem »Fan« geworden war. Schließlich schoben wir sieben Nummern, bevor wir Freunde wurden. Er hatte sich wenige Monate zuvor dann doch von seiner Frau getrennt. Am 12. Juni – Überraschung! – machte er mir einen Antrag. Schon vorher hatte er ein paar Mal erwähnt, dass er mich finanzieren würde, falls ich mich zur Ruhe setzen wollte. Ich erklärte ihm jedoch, dass ich von zu Hause ausgezogen war, um unabhängig zu sein (was er auch mit großem Verständnis aufnahm). Er respektiert mich und kommt gut damit zurecht, mit mir zusammen zu sein. So gut, dass wir inzwischen zusammenwohnen und Zukunftspläne schmieden. Ich spüre, dass er die Liebe meines Lebens ist. Meine Mutter wäre bestimmt begeistert von ihm. Ich necke ihn immer damit, dass ich nach dieser Erfahrung alle Vorwände kenne, unter denen die Ehemänner ihre Frauen betrügen. Er wird also ziemlich kreativ sein müssen, falls er eines Tages in die Versuchung kommt …

Donnerstag, 7. August – Fünfte Nummer

Wow! Endlich hat mich jemand in einen Swingerclub eingeladen! Wir kamen um 23 Uhr dort an und blieben bis um vier. Er war schon dreimal mit mir ausgegangen. Mit ihm überfiel mich gegen Ende der Nacht zum ersten Mal ein komisches Gefühl, und ich weinte, als wir uns ins Separee zurückgezogen hatten. Heute war es voll, aber das Ambiente war nicht sehr angenehm, trotz vieler gut aussehender Gäste. Es gab viele Männer ohne Begleitung, viele schamlose Frauen, und im Labyrinth ist den Solo-Männern donnerstags der Zutritt erlaubt. Das heißt, dass es nicht zu ertragen ist, dort herumzulaufen, weil sie wie die Geier auf das Aas lauern, ehrlich … Aber die Musik war super, viele Oldies. Es lief sogar einer meiner Lieblingssongs (der Name fällt mir nicht mehr ein, aber er ist von The Mamas & The Papas).

Zum Pech für die Männer ist donnerstags auch der Tag der *Strippershows* für Frauen. Diesmal zog es mich aber nicht dorthin wie sonst meistens. Ich hatte einfach keine Lust.

Wir hatten dreimal Partnertausch, aber nur in einem Fall hat es sich für mich gelohnt. Die erste Mieze war sehr appetitlich, aber zu meinem Leidwesen stand sie nicht auf Frauen. Als ich mein Oberteil auszog, grabschte sie an meinen Busen und sagte: »Silikon, gell, mein Kind?« Mich »mein Kind« zu nennen, auch noch mitten beim Sex, war total abtörnend. Ich ließ mir nichts anmerken und lachte ihr ins Gesicht. Ich hasse es, »mein Kind« genannt zu werden.

Ihr Partner war ein ebenfalls nerviger Bengel, der über meiner Brust abspritzen wollte. Ich war nicht einverstanden, aber er ließ nicht locker. Da ich es nicht mag, wenn mich jemand bedrängt, ging ich schließlich auf ihn ein. Kurz bevor er kam, zog ich mich aber aus der Affäre: Ich wich aus und bekam kein einziges Tröpfchen seiner Soße ab – ätsch!

Beim zweiten Partnertausch fiel ein kleiner Japaner für mich ab, der mir sogar gefiel, aber als es so weit war, konnte ich es nicht genießen. Er bumste mich im Stehen, ich hockte auf allen vieren auf dem Sofa. Dabei stieß er ziemlich hart zu. Ich drehte das Gesicht zur Seite, um nicht mit der Nase gegen die Wand zu schlagen, was sich aber trotzdem nicht verhindern ließ. Ich sah Sterne. Er war ein bisschen aggressiv, kam aber glücklicherweise schnell. Währenddessen täuschte mein Kunde einen Orgasmus mit dem »Mädel« vor, nur damit sie alle schnell wieder abzogen und wir beide endlich in Ruhe vögeln konnten. Bei mir ist er dann wirklich gekommen.

Nach dem dritten Partnertausch – bei dem ich nicht den Mut hatte, mich an das Mädchen des Typen ranzumachen, obwohl ich ganz wild darauf war, sie zu lecken – zog mich ein sturzbesoffener Kerl aus Rio zu sich heran und begann zu erzählen, dass ich ihn an einen Film erinnerte, dessen Inhalt er mir lang und breit auseinandersetzte. Keiner hat es verdient, sich beim Swingen die Zusammenfassung eines Films anhören zu müssen.

Anschließend landeten wir im Labyrinth. Eine etwa vierzigjährige Tante und ihr Mann befummelten sich, während sie einem anderen einen blies. Sie konnte den Hals gar nicht voll kriegen: Wie aus dem Nichts tauchte ein anderer Schwanz auf, den sie auch sofort verschluckte. Gleich darauf erschienen die verschiedensten Männer aus allen Ecken und Winkeln, die ihr das Maul stopfen wollten. Wenn ich richtig gezählt habe, hat sie insgesamt sieben Flöten geblasen. Ich dachte schon, die Leute würden anfangen, Nummern zu ziehen. Von mir aus … Allerdings würde ich auch als Nutte niemals sieben Teile in einem Swingerclub lutschen.

Mir fiel auf, dass die Tante während des Blasens gar nicht aufschaute. Sie wusste also überhaupt nicht, zu wem die Schwänze gehörten. Sie nahm sie nur und steckte sie sich in den Mund. Ich betrachtete die dazugehörigen Burschen: allesamt niveaulos, um es freundlich auszudrücken. Mir steht es nicht zu, andere zu kritisieren. Aber ich gebe zu, dass ich ein bisschen geschockt war. Wahrscheinlich lebte die Alte gerade ihre Träume aus. Ich weiß nicht, ob ich mich mehr vor der Tante oder vor den Männern ekelte. Männer sind geile Knochen ... wenn sie abspritzen wollen, stecken sie ihren Schwengel in das erste Loch, das ihnen vor die Linse kommt. Sie nehmen nur deshalb nicht das Loch in der Wand, weil die Wand nicht stöhnt.

Ich indessen hatte noch immer keine Pussy geleckt. Wir waren in dem kleinen Raum, zu dem nur Paare Zutritt haben, und eine Frau begann, mich zu berühren. Danach schlug sie vor, dass wir uns in ein Separee zurückziehen. Wir lutschten uns lange, aber ich konnte nicht kommen. Sie zischte allerdings dabei ab. Ihre Muschi war schön fleischig, so wie ich es mag.

Bei all den Beziehungen, die ich hatte, seit ich Hure bin, habe ich gelernt, dass ich erst an dem Tag wieder als Frau respektiert werde, an dem ich aufhöre anzuschaffen. Und mir ist noch etwas klar geworden: Wenn es so weit ist und ich den Mann meines Lebens kennenlerne, denjenigen, den ich heiraten und mit dem ich Kinder haben will, werde ich ihm nicht erzählen, dass ich mal als Prostituierte gearbeitet habe. Eines habe ich mir vorgenommen: Ich will das alles hinter mir lassen. Vergessen? Nein, das ist unmöglich. Eher werde ich diese Lebenserfahrung in eine Schublade schließen und den Schlüssel wegwerfen. Bestimmt werde ich stets fürchten, dass er mich womöglich bereits als Bruna kennengelernt haben könnte oder meine Vergangenheit irgendwie anders herausfindet. Was aber auch klar sein sollte: Ich bin bestimmt keine »reuige Sünderin«. Ich hoffe, dass es mit Pedro anders läuft, denn ich liebe ihn sehr und wünsche mir nichts sehnlicher, als dass er mich immer respektiert.

Eines der klassischen Nuttenmärchen besteht darin, dass ein Mann auftaucht, der das »gefallene Mädchen rettet«. Natürlich ist mir das auch widerfahren. Es war ein 62-jähriger Kunde, ein anhänglicher Witwer. Er besuchte mich jede Woche, aber wir vögelten fast nie, sondern unterhielten uns meist nur (was häufiger vorkommt als angenommen). Eines Tages wurde er deutlich: »Ich würde gern ernsthaft mit dir reden.« Er sagte mir, dass sein Sohn für ein Jahr ins Ausland ginge und er dann allein sei. Er fragte mich, ob ich zu ihm ziehen wollte, und bat mich, mit dem Anschaffen aufzuhören. Er würde mir all meine Wünsche erfüllen: Schule, Fitnesscenter, Kleidung, Taschengeld, wenn ich dieses Leben hinter mir ließe.

Ich antwortete, dass ich darüber nachdenken würde, was ich auch tat. Ich würde ja im Grunde gar nicht aufhören, Nummern zu schieben, sondern es weiterhin tun: mit ihm und genauso für Geld. Ein einziger Kunde für den Rest des Lebens (genau genommen seines, was noch sehr lange dauern konnte)? Meine Ablehnung hatte nichts mit ihm zu tun, ich mochte ihn wirklich, und bei seinem großzügigen Angebot wäre auch jeder von uns zu seinem Recht gekommen. Aber ich war immerhin von zu Hause abgehauen, um mehr Freiheit zu haben. Wenn ich mich nun an einen Mann binden würde, ohne dass es aus Liebe geschah, würde ich einen Käfig gegen einen anderen tauschen – zwar einen goldenen, aber trotzdem ein Käfig. Ich wusste, dass ich für mein Leben ausgesorgt hätte und viele Mädchen wie ich von so einem Angebot träumten, aber ich hatte ehrlich gesagt auch Angst davor, die Schuldige zu sein, wenn er stürbe. Mir waren schon einige solcher Geschichten in Filmen und im wirklichen Leben untergekommen.

Wenn es auch nicht täglich vorkommt, dass jemand beschließt, deine Seele zu retten, indem er deinen Körper bewacht, passiert es doch oft, dass ein häufiger Kunde schließlich zum Freund wird. Mittlerweile sind alle meine Freunde frühere Kunden. Und bei vielen von ihnen sind die Ferkeleien inzwischen an die zweite Stelle getreten. Mein bester Freund hat fünf oder sechs Nummern mit mir geschoben. Danach haben wir begonnen, uns täglich anzurufen, und das nicht nur, um eine Nummer zu vereinbaren. Eines Tages musste ich Klartext reden: »Wenn wir wirklich Freunde werden, ist mit dem Sex Schluss.« Beides zusammen geht nicht, klappt einfach nicht. Ich kann nicht mit meinen Kumpels vögeln. Sobald jemand mein Freund wird, hat das Verhältnis Hure/Kunde aufgehört. Da verläuft meine persönliche Grenze.

Dienstag, 12. September – Dritte Nummer

Ich war auf einer Intimparty mit drei Typen und einer »Cousine«, allerdings blieb einer der drei nur Voyeur. Wir verabredeten uns in der All-Black-Bar und gingen zu einem der Typen in die Wohnung. Es wurde eine gemütliche kleine Orgie. Zuerst war ich mit einem der drei im Schlafzimmer. Wir vögelten ein bisschen und er kam erst anschließend beim Saugen. Dann saß ich ein bisschen im Wohnzimmer herum, trank etwas und unterhielt mich mit den anderen beiden, während »meine Cousine« mit demjenigen im Schlafzimmer verschwand, mit dem ich vorher zusammen gewesen war. Schließlich legte ich mich aufs Sofa und wurde von einem der beiden geleckt. Ich half mit dem Finger nach und ging ab wie Schmidts Katze. Der Dritte schaute vom anderen Sofa aus zu. Als das »Pärchen« das Schlafzimmer wieder freigegeben hatte, gingen wir hinein, vögelten ein bisschen, ich ritt auf ihm und er kam schließlich in meinem Mund.

Interessant: Einer der Typen war bereits mein Kunde gewesen.

Traurig: Ich war erst morgens um halb sechs wieder zu Hause.

Im Alltag eines Freudenmädchens spielt der Gynäkologe eine wichtige Rolle. Er muss auf alle Fälle wissen, dass ich anschaffen gehe. Daran geht kein Weg vorbei. Wie sonst soll er mich richtig beraten und mich mit der Genauigkeit untersuchen, die zu meinem Schutz nötig ist? Am meisten Angst habe ich vor Aids. Ich lasse mich alle drei Monate untersuchen und schiebe jedes Mal dieselbe Panik. Auf dem Weg zur Praxis sterbe ich fast vor Angst. Natürlich schütze ich mich und mache es ausschließlich mit Gummi. Im Klartext: Wenn der Typ drübersteigen will, hat er keine Chance, seinen Bolzen ohne Mäntelchen in mich reinzuschieben. Aber ich gebe zu, dass ich es beim Nuckeln drauf ankommen lasse.

Mein Arzt hat mir erklärt, dass die Ansteckungsgefahr bei einem Blowjob zwar geringer ist, aber trotzdem besteht. Vor allem bei einer Wunde im Mund, die so klein sein kann, dass man sie gar nicht bemerkt. Tja, manchmal gefällt mir der Kunde einfach, und dann fühle ich mich wohl, vertraue auf das, was ich sehe und mach's ihm »in natura«. Danach überfällt mich dann die Reue. Der Augenschein allein reicht einfach nicht, um sicherzugehen, dass der Bursche sauber ist. Wenigstens schlucke ich die Soße nie runter. Es ist schon so, dass ich den Typ in meinem Mund abspritzen lasse, aber schlucken tu ich nicht – oder sagen wir, selten. Ich würde sagen, fünf von zehn Mal lasse ich mich dazu hinreißen, ohne Gummi zu schnullern. Aber ich habe mir vorgenommen, dass das weniger wird.

Es wäre dumm, nur den Körper zu pflegen und den Geist zu vernachlässigen. Wenn die Gesundheit stimmt, Haut und Haare (um deren natürliche Glätte mich viele Mädchen beneiden) gepflegt und die Nägel manikürt sind, der »Werkzeugkasten« also komplett ist, gönne ich mir ein bisschen Zeit für mich. Jeden Montagnachmittag gehe ich zur Therapie. Witzigerweise habe ich in meinem ganzen bisherigen Leben immer mit Psychologen zu tun gehabt. Aber dieses Mal ist es anders.

Am Anfang wusste ich nicht, wen ich in die Sprechstunde mitbrachte: Raquel oder Bruna. Heute ist das nicht mehr so kompliziert. Die anstrengendste Phase, in der man dem Therapeuten seine ganze Geschichte erzählen will, ist inzwischen vorbei. Jetzt fasse ich immer die vergangene Woche zusammen und berichte dabei, inwieweit die Ereignisse Raquel berühren, was ich über das Leben denke und welche Pläne ich habe. Wenn ich so viel über mich rede, bleiben Geschichten über Kunden und Nummern natürlich nicht aus. Das Eine kann vom Anderen nicht getrennt werden.

Freitag, 22. September – Vierte Nummer

Wie der Eindruck manchmal täuscht … Einmal, im Privatclub in der Alameda Franca, wählte mich ein super aussehender Typ aus. Er gefiel mir, weil er wie jemand wirkte, der einerseits anständig ist, es aber gleichzeitig faustdick hinter den Ohren hat. Und er versprach, echt appetitlich zu sein.

Während wir noch im Wohnzimmer turtelten, um uns über die Art der Nummer zu einigen, bat er mich darum, sein schwarzes Löchlein anzubohren. O.k. – er wäre nicht der erste und auch nicht der letzte Typ, der es auf diese Weise von mir besorgt bekäme. Allerdings wollte er, dass ich den Gummischwanz sofort umschnalle. Na gut, dein Wille geschehe, nicht wahr? Aber dann, als ich ihn reinstecken wollte, zierte er sich wie irre; er wich mir aus und sprang nach vorn weg. Er war einer dieser Typen, die zwar davon träumen, von hinten genommen zu werden, sich dann aber nicht trauen. Sobald ich mit dem Schwanz seinen Arsch auch nur berührte, wich er aus. Allerdings lutschte er den Gummischwanz dann eine ganze Weile, und zwar mehr als gierig.

So ging das drei Besuche lang. Beim vierten Mal fragte er mich, ob ich nicht einen Freund hätte für eine *ménage-à-trois*, bei der dieser Freund ihn dann, logisch, in den Arsch vögeln sollte. Das war es also? Im Grunde wollte der Typ einen echten Schwanz, ging aber zu einer Nutte, um sich nicht so schwul zu fühlen. Zum Spaß sagte ich, dass ja der Wachmann aushelfen könnte. Er ging mir überraschenderweise auf den Leim und fragte, wie viel der Wachmann wohl kassieren würde, um mit uns ins Bett zu steigen. Ich wusste, dass der bestimmt nicht mitmachen würde, und musste mir also was einfallen lassen. Ich ging runter und erzählte den anderen Mädchen die Geschichte, die sich vor Lachen kugelten. Dann ging ich wieder rauf und sagte, der Wachmann hätte nicht gewollt.

Mein Kunde war total enttäuscht und guckte wie ein herrenloser Hund. Am Ende hat er es von mir jedenfalls nicht besorgt bekommen. Ob er immer noch jungfräulich ist oder inzwischen den Mut hatte, das Törchen aufstoßen zu lassen?

Manche Kunden trauen sich nicht, bei mir anzurufen, weil sie denken, dass ich zu teuer bin. Es gibt bestimmt Mädchen, die 300 oder 400 Real nehmen. Die schieben aber auch nur eine oder zwei, höchstens drei Nummern pro Woche. Ich weiß, dass ich mit meinem »Ruhm« als Bruna Surfistinha sogar mehr nehmen könnte. Aber ich liebe meine Arbeit, warum sollte ich das leugnen? Durch sie fühle ich mich begehrt, was ich früher nie war. Außerdem bin ich da auch ganz pragmatisch: Je mehr Nummern ich schiebe, desto mehr Geld kommt rein. Ich verliere keine Zeit damit, um den Preis zu feilschen. Ein Haufen Typen versuchen, Rabatt, Sonderleistungen oder Exklusivität rauszuschlagen. Dafür habe ich absolut keinen Nerv.

Freitag, 10. November – Fünfte Nummer

Für jedes Freudenmädchen ist die Einladung in einen Swingerclub ein besonderes Bonbon. Einmal war ich in einem super Club mit einem dieser »Eins-plus-Kunden«, die nicht müde werden, mich und die Frauen aller Typen zu vögeln, mit denen wir Mädels es dort treiben. Und während ich mit den Frauen rummachte, die er anschließend vögeln würde oder bereits gevögelt hatte, holte er sich frenetisch einen runter. Ich lüge nicht, wenn ich sage, dass er jedes Mal dabei kam – ich hab's selbst gesehen! Eine köstliche Ferkelei.

In dem Swingerclub entdeckte ich einen Ort, der mich ganz verrückt machte: einen Gang mit Kämmerchen, in die jeweils ein Pärchen reinpasste. Die Türen der Kammern hatten auf Augenhöhe ein Sichtfenster, durch das man von außen kaum reingucken, aber stattdessen von innen sehen konnte, wer davorstand. Kompliziert? Nein. So was macht diejenigen an, die es geil finden, beim Vögeln gesehen zu werden, aber im Grunde nur das »Gefühl« haben wollen, Zuschauer zu haben. Aber war ist nur der Aperitif – und wer draußen stand, ging auch nicht leer aus. In der Wand zum Korridor waren unterhalb der Sichtfenster jeweils zwei Löcher angebracht. Man konnte die Hand durchstecken und diejenigen, die es drinnen gerade trieben, befummeln. Mein Kunde und ich konnten davon gar nicht genug kriegen: Wir verbrachten zwei Stunden damit, alles anzugrabschen, was vor die Öffnungen kam: Ärsche, Brüste, Schwänze …

Dann forderte uns ein Pärchen auf, reinzukommen. Was für ein wahnsinniges Gefühl! Wir sahen die hungrigen Blicke, die uns nicht sehen konnten, gleichzeitig spürten wir blinde Hände, die nach jedem erreichbaren Stückchen Haut tasteten. Das macht tierisch an – und hatte einen großen Vorteil: Wir ließen uns nur von den Attraktivsten und Geilsten befummeln.

Schade, dass ich so lange gebraucht hatte, um den Laden zu entdecken. Gekommen bin ich kein einziges Mal, weil kein Platz da ist, um sich hinzulegen, und ich es im Stehen nicht hinkriege. Der Ausweg war, es einfach so zu genießen, ohne Orgasmus. Die Nacht hat sich trotzdem absolut gelohnt, und mein Defizit löste ich mit Hilfe meines Zauberfingers, als ich wieder zu Hause war. Als ich endlich gekommen war, schloss ich müde und glücklich die Augen und glitt ins Reich der Träume.

So wie ich in dieses Leben eingestiegen bin, werde ich eines Tages auch wieder aussteigen. Ich will nicht den Rest meines Lebens Hure sein. Von den Zuhältern habe ich mich immerhin schon befreit. Ich gebe doch nicht die Hälfte oder über die Hälfte meiner Einkünfte ab! Natürlich hat das selbständige Arbeiten auch seinen Nachteil, nämlich die Unsicherheit. Da hilft es schon ein bisschen, die Kunden in meiner eigenen Wohnung zu empfangen. Ich lasse mir von ihnen auch immer die Telefonnummer geben – und überprüfe, ob sie stimmt. »Gib mir deine Nummer, damit ich anrufen kann, falls irgendetwas dazwischenkommt.« Da sie immer ein paar Stunden im Voraus anrufen, läuft das problemlos.

Bis heute habe ich glücklicherweise noch nie Probleme mit aggressiven Kunden gehabt. Eigentlich fürchte ich am meisten, plötzlich vor einem Freund meines Vaters oder meiner Schwestern zu stehen. Ich habe schon Nummern mit Typen geschoben, die ich aus der Schule kannte (und die ich daraufhin ansprach, weil sie mich nicht erkannten: »Ich kenne dich von irgendwoher, aber nicht aus dem Milieu. Waren wir nicht an derselben Schule?«).

Freitag, 22. November – Zweite Nummer

Jedem Tierchen sein Pläsierchen. Aber manche Leute sind doch ziemlich merkwürdig … Einmal hatte ich einen Kunden, der sich alles auszog – mit Ausnahme der Socken. Ich fand die Nummer selbst dann eher mechanisch, weil ich mich einfach nicht konzentrieren konnte. Ich wollte natürlich wissen, warum er die Socken anbehalten hatte. Ob seine Füße so hässlich waren? Oder vielleicht hatte er irgendeine Verletzung?

Er dagegen schien ganz entspannt zu sein. Er vögelte genussvoll und kam zweimal, einmal in meinem Mund und das andere Mal, während ich auf ihm ritt. Ich hatte das Kommando übernommen, um den Anblick seiner bestrumpften Füße zu vermeiden, auch wenn es ganz normale Herrensocken waren, ohne Löcher oder andere Auffälligkeiten.

Nachdem er zum zweiten Mal abgegangen war, ging er duschen und ich blieb ein bisschen verlegen im Zimmer zurück. Plötzlich hörte ich, wie aus dem Badezimmer ein lautes »SCHEISSE!« schallte ... Aufgeschreckt eilte ich hin, um zu sehen, was passiert war, und sah den Typen nackt unter der Dusche – in Socken! Er hatte doch tatsächlich einfach nur vergessen, die Socken auszuziehen, nicht nur vor der Nummer, sondern sogar noch vor dem Duschen!

Wir lachten uns kaputt. Meine These aufgrund von Fällen wie diesen ist: Wenn das Köpfchen zwischen den Beinen in Aktion tritt, schaltet der Kopf auf den Schultern auf Schneckentempo ...

Ich arbeite von montags bis freitags und schiebe 25 bis 30 Nummern pro Woche. An manchen Tagen laufen mehr als fünf; wenn es sehr viel mehr werden, macht es keinen Spaß mehr. Jede Nummer bei mir dauert eine Stunde, und für 200 Real mach ich's oral und vaginal. Anal kostet 250 Real. (Im Juni, nach meinem Auftritt bei *Pânico*, habe ich die Preise ein bisschen erhöht, weil die Nachfrage stieg. Vorher habe ich sehr lange 150 bzw. 200 Real genommen.) Die Häufigkeit der Akte innerhalb dieser einen Stunde bestimmt der Kunde. Und dabei muss kein Motel, keine Wohnung, nichts weiter bezahlt werden: Es ist alles inklusive. Außer der Kunde möchte ins Motel oder ruft mich in sein Hotel (dann nehme ich das Doppelte, wegen der Wegstrecke).

Dieser Arbeitsrhythmus erlaubt es mir, am Wochenende zu pausieren. Machen das nicht alle arbeitenden Leute so? Warum sollte es dann bei einer Hure anders sein?

Obwohl ich alles, was ich tue, als Geschäftsbeziehung ansehe, gebe ich zu, dass es auch schon Kunden gab, die mir leidtaten. Ich weiß, dass ich einmal gedacht habe: »Mensch, der Typ hat lange gespart, um mit dir zusammen zu sein.« Woher ich das wusste? Weil er den gesamten Preis in 1-Real-Scheinen bezahlt hat. Genau das! Wahrscheinlich hat er so lange sein Wechselgeld beiseitegelegt, bis er endlich 150 Real zusammen hatte. Das war ihm ziemlich peinlich. »Macht es dir etwas aus, wenn ich so bezahle?« – »Nein, das macht nichts.« Also gab er mir den Riesenpacken Banknoten, und ich zählte sie nach, während er sich fertig machte. Dabei hatte ich schon einen Kloß im Hals. Ich fragte mich, wie viel Mühe es ihn wohl gekostet hatte, das Geld zusammenzukratzen. Aber gratis kommt für mich nicht in Frage. Mitleid ist eine Sache, das Geschäft eine andere.

Was ich außerdem in diesem Beruf mitgekriegt habe, ist, dass er wie andere auch seine Stoßzeiten und Flauten hat. Ich habe ja schon erzählt, dass die Nachfrage am Anfang des Winters steigt. Und am Jahresende auch, wenn die Leute ihr Weihnachtsgeld bekommen. Vom monatlichen Lohn können viele nichts abzweigen und nutzen dann eben das zusätzliche Geld. Es erfüllt mich irgendwie mit einem gewissen Stolz, zu wissen, dass der Typ das ganze Jahr gearbeitet hat, um sich vor Weihnachten eine Nummer mit mir zu leisten. Vermutlich deswegen sind das auch die Typen, die den Fick am meisten auskosten.

Was die Selbständigkeit außerdem interessant macht, ist die Tatsache, dass du nach deinen eigenen Regeln und Überzeugungen handeln, also deinen persönlichen Standard etablieren kannst. Ich hatte doch von der Geschichte mit den Handtüchern und Bettlaken erzählt. Hygiene ist jedenfalls sowohl als Service für den Kunden als auch für mich das A und O. Deshalb gibt es in meiner Wohnung für jeden Kunden ein frisches Handtuch. Ich frage mich, was ich bloß mit den vielen Handtüchern anfangen soll, wenn ich mich zur Ruhe setze. Es sind immerhin fast achtzig! Es ist mir ab und zu passiert, nicht früh genug daran zu denken, sie in die Wäscherei zu geben, sodass mir plötzlich saubere fehlten. Was blieb mir anderes übrig, als neue zu kaufen?

Die Handtücher sind alle weiß, damit man sieht, dass sie wirklich sauber sind. Außerdem bekommen meine Kunden nur Flüssigseife (nichts ist ekliger als Seifenstücke, an denen Haare kleben und die von Hand zu Hand gehen). Die Bettlaken nutze ich aber meist problemlos für mindestens zwei Nummern, außer ein Kunde schwitzt stark oder beschmutzt sie mit Gel. Die Gummis habe ich parat, außer der Kunde ist vom Typ XXL, dann bringt er seine Präser meistens selbst mit.

Montag, 4. Dezember – Erste Nummer

Wir wiederholten die Party. Die gleichen Typen wie zuletzt, aber diesmal nur zwei, der Voyeur und der Wohnungsinhaber. Leider war der Cowboy nicht dabei … Wie beim letzten Mal lief alles ganz entspannt. Außer mir war wieder das »Cousinchen« da. Während ich mit dem Voyeur im Wohnzimmer blieb, verschwand das andere Pärchen im Schlafzimmer. Am Anfang war ich peinlich berührt, weil der Voyeur (der diesmal *nicht* nur zuschaute) es noch nie mit einer Nutte gemacht hatte. Außerdem – geradezu unglaublich – hatte er seine Frau noch nie betrogen!!! Ein fast perfekter Mann, was? Jedenfalls bis heute … Er fragte mich, ob treu sein gut oder schlecht sei. Gut, dass ihr meine Antwort nicht gehört habt …

Er war sehr zärtlich zu mir … Wir hielten uns ziemlich lange beim Vorspiel auf. Dann lutschte ich sein Rohr und er kam ziemlich schnell. Anschließend warteten wir auf den Partnertausch. Der andere tauchte schon mit einem Steifen aus dem Schlafzimmer auf und machte sich gleich über mich her. Er leckte mich ein bisschen und nahm mich dann in Missionarsstellung, bis er kam.

Es war ein ziemlicher Schock: Ich war auf einer Party und hatte ein derartiges Bedürfnis, dass ich anfing, eine Linie Koks nach der anderen zu ziehen. Keine Ahnung, wie viel ich an dem Abend eingeschnauft habe. Irgendwann hatte ich das Gefühl, neben meinem Körper zu stehen. Meine Gliedmaßen reagierten nicht mehr, mein Atem ging schwer und ein komischer Geschmack stieg mir in den Mund. Überdosis. Ich schaute in den Spiegel: Ich sah aus wie tot – leichenblass, mit trockenem Mund und blauen Lippen. Mein Herz klopfte so stark, dass ich dachte, es würde explodieren. Dann war ich weg …

Als spirituell veranlagter Mensch glaube ich, dass es im Jenseits alles gibt, was es auch im Diesseits gibt, sogar Krankenhäuser. Als ich wieder erwachte, hätte ich schwören können, in einem Krankenhaus »auf der anderen Seite« zu sein. Ein echter Horrortrip. Mitten in diesem irrealen Gefühl redete ein unbekannter Mann auf mich ein, ich solle mit dem Koksen aufhören. Ich weiß bis heute nicht, ob er eine Halluzination war, ob ich ihn wirklich gesehen oder das alles nur geträumt habe. Als ich wieder richtig bei mir war, stellte ich jedenfalls fest, dass gar kein Mann da war.

An dem Tag schwor ich mir, nie wieder Kokain anzurühren. Und das habe ich auch eingehalten. Natürlich war es schwer. Ich hatte starke Entzugserscheinungen und dachte, ich müsste sterben. In dieser Phase hat mir Gabi sehr geholfen; sie hat mich unterstützt und mich ertragen. Ich sperrte mich in meine Wohnung ein, ging also nicht mehr aus, weil ich genau wusste, auf welchen Partys Kokain zu finden war. Wenn ich zu sehr danach schmachtete, dachte ich an mein Leben und an diesen Traum von dem Mann im Krankenhaus. Ich erinnerte mich daran, dass ich angefangen hatte, auf den Strich zu gehen mit dem Vorsatz, irgendwann auch wieder damit aufzuhören. Eine Zeitlang hatte ich bis zu 70 Real täglich für vier Gramm Kokain ausgegeben – vom reinen, teuersten, von wegen Kreide- oder Marmorstaub! So kam ich auf Dauer nicht weit. Ich würde höchstens »auf der anderen Seite« landen.

Nachdem ich beschlossen hatte, mit dem Koksen aufzuhören, konzentrierte ich mich ein bisschen mehr auf meine Ziele. Mir wurde klar, wie dumm ich gewesen war. Im Saus gewonnen, im Braus zerronnen: Leicht verdientes Geld macht auch süchtig. Aber ich will keinesfalls den Rest meines Lebens damit verbringen, anzuschaffen. Ich erstellte einen Plan, der mir helfen sollte, mich zusammenzureißen – ich nenne ihn »Sparstrumpf 500«.

Kurz nachdem ich von zu Hause ausgezogen war, dachte ich wirklich, ich würde für den Rest meines Lebens Nummern schieben. Mit der Zeit merkte ich aber, wie körperlich und seelisch anstrengend diese Arbeit war. So kam mir 2004 zum ersten Mal der Gedanke, mich zur Ruhe zu setzen und wieder zur Schule zu gehen. Es fiel einfach der Groschen, dass ich nicht ewig würde anschaffen können. Eines Tages würde ich damit aufhören müssen. Ich musste mir neue Ziele stecken. Also überlegte ich mir, wie viel eine Wohnung kostete, berechnete die Kosten für weitere Dinge, die ich gerne kaufen wollte, und überlegte, wie viel Geld ich abzüglich meiner Ersparnisse noch zusammenkratzen musste. Dabei kam ich auf die horrende Summe von 500 000 Real. Da konnte ich ja Nummern schieben, bis ich schwarz wurde! Ich strich die Wunschliste etwas zusammen, landete aber immer noch bei 300 000 Real.

Ein solches Vermögen zusammenkriegen zu müssen macht mutlos, erst recht, wenn man bedenkt, auf welche Weise ich mein Geld verdiene. Da kam mir die Idee, diesen Betrag in fünfhundert Anteile à 600 Real aufzuteilen. Ich nummerierte ein Blatt Papier von eins bis 500 durch, und immer wenn ich es wieder geschafft hatte, 600 Real auf mein Sparbuch einzuzahlen, strich ich eine Zahl durch. Wenn es irgendwann nichts mehr durchzustreichen gibt, weiß ich, dass ich die 300 000 zusammen habe.

Inzwischen habe ich noch weitere Posten aus meiner Liste gestrichen, sodass die zu erreichende Gesamtsumme jetzt bei 200 000 liegt. Außerdem glaube ich, dass ich schon aufhöre, wenn ich bei 100 000 angelangt bin, auch wenn ich dann keine Wohnung kaufen kann. Auf jeden Fall habe ich bereits Zukunftspläne geschmiedet. Und in manchen Monaten gelingt es mir immerhin, bis zu 8000 Real zu sparen. Es scheint, als rücke die Zukunft näher.

Aus meiner Zeit als Callgirl werden mir einige Reminiszenzen für immer bleiben: zwei Piercings (am Bauchnabel und an der Unterlippe; das an der Augenbraue ist bereits weg) und drei Tattoos (mein Sternzeichen, der Skorpion am Schulterblatt, ein Herz in der Leiste und im Nacken einen Satz, den ich mir für meinen Exfreund hatte eintätowieren lassen und den ich heute sehr bereue: »Thanks Du«. Nachdem wir Schluss gemacht hatten, habe ich es in »Thanks Dad« umändern lassen).

Abgesehen von dem, was ich aus diesem Leben »mitnehme«, gibt es aber auch manches, was ich verpasst habe. Ich habe zwei Jahre lang nicht mehr für die Schule gelernt und das Gefühl, alles vergessen zu haben. Früher hatte ich nie Lust auf Lernen. Das hat sich geändert.

Wenn ich dies alles hinter mir habe, will ich studieren. 2005 will ich mit der Abendschule fertig sein, und wenn ich dann die Aufnahmeprüfung schaffe, studiere ich ab 2006 Psychologie. Ich kenne jede Menge Leute, die nie eine Uni von innen gesehen haben, sondern Unternehmer sind und super gut verdienen. Die hatten aber auch »Sponsoren«. Da ich so etwas nicht mehr habe, ist mir klar, dass ich weiterlernen muss, wenn ich es im Leben zu etwas bringen will – ob es mir Spaß macht oder nicht.

Dienstag, 28. Dezember – Vierte Nummer

Es war heute das dritte Mal mit diesen Kunden. Diesmal wollten sie nicht ins Motel, sondern kamen in meine Wohnung. Wir spielten ziemlich viel miteinander. Zuerst machte sie einen schnellen Strip, der ausreichte, um die drei anzuspitzen. Dann habe ich ihre Pflaume ausgelutscht, bis sie in meinem Mund kam. Am besten fand ich es, ihre Rosette zu lecken, während sie auf ihm ritt. Außerdem, dass sie mich schleckte, während ich ihm einen blies ... Ich vögelte ein bisschen mit ihm, aber zu meiner Überraschung fickten sie ziemlich lange zu zweit, mit mir als Voyeurin. Trotz ihrer feurigen Zunge wurde ich nicht fertig. Er auch nicht, weil er sich die ganze Zeit zurückhielt. Sie dagegen ging ab wie eine Rakete – viermal, wenn ich richtig gezählt habe.

Witzig: Alle meine heutigen Freunde waren früher bereits meine Kunden. Natürlich merkst du nicht gleich bei der ersten Nummer, dass sich eine Freundschaft anbahnt. Wie ich bereits gesagt habe, vögele ich nicht mit Freunden. Weder auf persönlicher noch auf professioneller Basis. Und das mache ich auch ganz unmissverständlich klar.

Einige schaffen den Drahtseilakt, Kunden zu bleiben, aber ganz nahe an die Grenze zur Freundschaft zu kommen, ohne diese zu überschreiten. Es ist wohltuend, von ihnen ab und zu Aufmerksamkeit zu erfahren. Wenn ich länger nichts ins *Blog* geschrieben habe, rufen mich viele an, nur weil sie wissen wollen, wie es mir gehe und ob alles in Ordnung sei.

Ich bekomme auch viele Geschenke. Zum Beispiel habe ich eine CD, deren Hülle der Typ mit einem Foto von mir persönlich gestaltet hat. Das fand ich das Größte! Neulich habe ich im *Blog* geschrieben, dass ich das Buch *Engel und Teufel* lesen will – postwendend brachte es mir ein Kunde mit! Auch zu Ostern oder zu meinem Geburtstag gibt es immer Geschenke.

Letztes Jahr habe ich meinen Geburtstag in einem Swingerclub gefeiert. Ich war damals richtig süchtig nach diesen Läden. Mit Männern und Frauen vögeln zu können, mehrmals hintereinander zu kommen, das allgemeine Ambiente von Geilheit und Ferkelei – ich gebe gern zu, dass mir das Spaß machte. Man kann dort einerseits tanzen, etwas trinken und sich unterhalten und andererseits natürlich ficken, was das Zeug hält. Das passiert aber nicht alles im gleichen Raum (wie manche meinen). Ich dachte mir jedenfalls: »Ich habe Geburtstag, mag diese Läden, und es gibt einen Haufen Leute, die sich noch nicht reingetraut haben, weil sie meinen, da liefe eine einzige große Orgie.« Also musste dieser Haufen Leute, dem bisher der Mut gefehlt hatte, an meinem Geburtstag in einen Swingerclub gehen. Ich hatte damals einen Freund, der natürlich auch mitkam. Ich wollte alles miteinander verbinden: meinen Geburtstag, das Vergnügen und die Verwirklichung der Phantasie, mit meinem Schatz und meinen Freunden in einen Swingerclub zu gehen. Der Wunsch wurde wahr (meiner – und der heimliche vieler meiner Freunde). Ein Bombengeschenk.

Denen, die sich nicht trauen, aber vor Neugierde platzen, erzähle ich jetzt, wie es in einem Swingerclub aussieht. Hier in São Paulo gibt es eine ganze Menge davon; allein in meinem Stadtteil sind es sieben!

Von außen sehen diese Etablissements ganz normal aus, es gibt auch kein Schild mit der Aufschrift »Swingerclub«. Früher dachte ich immer, man bekäme gleich beim Reinkommen eine Orgie mit lauter Nackten zu sehen. Aber in Wirklichkeit betritt man zuerst ein normales Lokal mit Bar, Sitzecken und Tanzfläche. Das ist der Ort, wo die Pärchen miteinander flirten, aber ohne Ferkeleien. Aber sobald du dich in die Hinterzimmer vorwagst, bist du dran. Zuerst muss man durch einen labyrinthartigen, dunklen Gang (den gibt es allerdings nicht in allen Clubs), der so eng ist, dass man sich an den anderen Gästen reiben muss, um voranzukommen. Man kann hemmungslos fummeln, ohne dass es einem peinlich sein müsste, denn es ist so schummrig, dass man sich kaum gegenseitig erkennt. Weiter hinten kommen dann die Zimmerchen. Sie sind nur durch Paravents aus Weidengeflecht voneinander abgetrennt, damit man von außen sehen kann, was drinnen abläuft (wobei auch dort nicht gerade Flutlicht herrscht). Alles ist darauf angelegt, vor allem den Tastsinn anzusprechen.

Hast du was Scharfes in die Finger bekommen, lass alle Hemmungen fahren! Es ist schon verrückt: Manchmal bumsen dort zwanzig Pärchen gleichzeitig. Für die Zurückhaltenderen, die sich an der Bar oder auf der Tanzfläche anbaggern, gibt es normalerweise Separees, wo sie dann mit nur einem weiteren Pärchen einen Vierer machen können.

Allerdings sind in den Clubs selten gut aussehende Leute anzutreffen. Das Publikum besteht hauptsächlich aus Ehepaaren zwischen 30 und 45. Es gibt Clubs, die keine Callgirls zulassen – ich bin auch schon abgewiesen worden. Es wird angenommen, dass die Callgirls nur wegen des Geldes kommen und nicht aus Geilheit, und das ist unerwünscht. Die Pärchen schließlich wollen Sex mit anderen, *echten* Pärchen.

Donnerstag, 6. Januar – Dritte Nummer

Es war eine ruhige Nummer, von der es nicht viel zu erzählen gibt. Aber als wir fertig waren, eröffnete er mir, dass er auf Sadomaso stehe. Er sei der Sadist, damit das klar sei. Er würde das aber nicht schon am Telefon verraten, weil er es geil fände, das Mädchen überraschend zu schlagen. Bei mir hätte er das allerdings nicht über sich gebracht: »Du siehst nicht aus wie eine Nutte. Du bist so niedlich, dass du mir leidgetan hättest. Ich rufe morgen eine andere an, um sie zu schlagen.« Da habe ich ja noch mal Glück gehabt …

Ich habe schon viele Geschichten von Mädchen gehört, die bei der Arbeit in Schwierigkeiten geraten sind. Bis jetzt habe ich wohl einfach Glück gehabt, so etwas selbst noch nicht häufiger erlebt zu haben. Was mich an meiner Arbeit am meisten stört, ist der Augenblick der Bezahlung. Ich schäme mich. Schon zweimal ist mir deshalb ein Kunde entwischt, ohne bezahlt zu haben oder von mir zur Kasse gebeten zu werden.

Das Bezahlen kommt bei einer Nummer immer zuletzt, genau wie in der Sprechstunde beim Psychiater. Ich musste also Gabi (die immer an mein Handy geht, um die Dates zu vereinbaren, da unsere Stimmen sich so ähnlich sind) bitten, hinter den Kunden herzutelefonieren. Wie peinlich, oder? Einer dieser »unabsichtlichen Zechpreller« kam wieder zurück, um zu bezahlen. Der andere, der bereits ziemlich weit weg war, ließ sich meine Kontoverbindung geben und überwies mir den Betrag. Es gibt doch noch ehrliche Menschen! Zweimal ist mir das auch im Swingerclub passiert: Ein wortkarger Katalane (nicht nur wegen der Sprache, sondern weil er wirklich schweigsam war) nutzte die Gelegenheit, als ich auf dem Klo war, um sich aus dem Staub zu machen. Dem anderen verzeihe ich sogar: Ich hatte zu viel getrunken, sodass mir schlecht wurde, weshalb ich verstehen kann, dass er nicht zahlen wollte.

Nun ja, nach allem, was ich zu Hause bei meinen Eltern angestellt habe, um an Geld zu kommen, geschieht es mir das ganz recht, wenn in meinen Geldangelegenheiten manchmal was schiefgeht. Mir sind auch noch andere Dinge passiert, die mir in gewisser Weise eine Lehre waren. Als ich noch im Privatclub in der Alameda Franca gearbeitet habe, hatte ich eine Freundin namens Taísa. Sie war ziemlich bequem (sie arbeitete wirklich ungern), also verdiente sie nicht viel. Da ich damals noch kein Bankkonto hatte, verstaute ich mein Geld immer in einer Schublade. Mit der Zeit fiel mir auf, dass immer wieder Geld daraus verschwand, aber ich konnte einfach nicht glauben, dass Taísa das war.

Die kleinen Diebstähle gingen weiter, als wir aus dem Privatclub in der Alameda Franca »gegangen worden waren« und im Club in Moema arbeiten mussten. Aber ich hatte nie den Mut, ihr die Pistole auf die Brust zu setzen, denn ich wollte nicht wegen Geld die Freundschaft verlieren. Eines Abends gingen wir auf eine Party in Vila Madalena. Damals kokste ich noch, außerdem trank ich an dem Abend zu viel. Natürlich wurde mir schlecht. Auf der Toilette dachte ich zuerst, sie würde mir helfen, aber dann merkte ich, dass sie in meinem Täschchen wühlte. Ich war aber bereits so weggetreten, dass ich nicht checkte, was eigentlich ablief. Als wir die Rechnung bezahlen wollten, merkte ich, dass meine 50 Real verschwunden waren. Ich zerrte Taísa zusammen mit einer Freundin auf die Toilette und durchsuchte sie von Kopf bis Fuß. Nichts. Ich brachte sie mit Gewalt dazu, sich auszuziehen – und, welch Überraschung: Meine 50 Real steckten in ihrem Höschen! Das war der Tropfen, der das Fass zum Überlaufen brachte. Als wir wieder im Privatclub waren, gingen wir aufs Zimmer. Ich dachte, sie würde mich umbringen. Immerhin, es gab ausgerissene

Haarbüschel, Kratzer und Schläge. Ich schloss die Akte mit wenigen Sätzen: »Du bist neidisch, weil ich arbeite und du nicht. Lass es gut sein. *Ich* kriege ja morgen wieder Geld rein.«

Ein anderes Mal verschwand Geld, als ich meine erste Wohnung hatte. Ich hatte 3000 Real gespart, die sich einfach in Luft auflösten. Gabi meinte, sie wäre durchgedreht, wenn ihr das passiert wäre. Ich wollte gar nicht wissen, ob es die Putzfrau oder ein Kunde gewesen war. Ehrlich gesagt war ich noch nicht mal traurig. Ich finde, am Ende habe ich so in gewisser Weise für meine Taten gebüßt. Auf das Gelage folgt die Zeche, nicht wahr?

Dienstag, 4. Februar – Zweite Nummer

Die Male, bei denen ich, als es drauf ankam, nicht wusste, was ich tun sollte, kann ich an den Fingern abzählen. Schließlich bin ich ein Profi. Aber dieser eine Typ war so komisch, dass ich es vorzog, weder etwas zu tun noch etwas zu sagen. Er betrat die Wohnung ohne große Worte, zog sich und mich sofort aus und streifte sich einen Gummi über. Anscheinend war er schon mit einem Steifen angekommen. Dann stürzte er sich auf mich und begann, mich wie wild in Missionarsstellung zu reiten. Allerdings mit einer entscheidenden Einschränkung: Sein Schwanz steckte gar nicht in mir drin, sondern streifte die ganze Zeit über nur meine Leiste. Ich fragte mich, ob er das nicht merkte oder vielleicht genau darauf stand. Es war wohl besser, ihn nicht danach zu fragen – vielleicht hätte ihn das am

Ende beleidigt. Aber was, wenn er glaubte, in mir drin zu sein, und womöglich dachte, ich sei so ausgeleiert? Wer weiß …

Schließlich kam er sogar. Und das Merkwürdigste war, dass er auch noch ständig fragte: »Gefällt es dir?« – »Es ist super geil«, antwortete ich dann. Am Ende fragte er mich sogar, ob ich gekommen sei – fast hätte ich glauben können, dass er sich über mich lustig machen wollte. Aber ich spielte mit und sagte ja. Wenn es für Frauen schon schwierig genug ist, zu kommen, wenn der Schwanz in ihnen drin ist, wie soll das erst klappen, wenn er draußen bleibt?

Ich finde es wirklich total in Ordnung, wenn die Kunden mir etwas anvertrauen. Es gibt Mädchen, die es nervig finden, sich Kundengeschichten anhören zu müssen. Aber ich spüre, dass das für diese Männer ein wichtiger Teil des »Servicepakets« ist. Sie kommen nicht nur, um Sperma zu vergießen. Sie erzählen Dinge, die sie häufig nicht einmal ihren Freunden oder ihrer Frau gestehen würden. Manche werden nach Überwindung der ersten Hemmungen sogar unterhaltsam. Einer erzählte mir, er habe zwei Ziegelsteine gepresstes Marihuana gekauft. Ich schaute ganz erschrocken (was ich auch wirklich war), und er entschuldigte sich damit, dass er es einfach nicht länger hatte für sich behalten können. Ein anderes Mal bestand ein Kunde darauf, den großen Macker zu markieren, und ließ den Gangster raushängen. Die Nummer lief trotzdem entspannt ab, ohne Schrecksekunden. Aber als ich von der Toilette zurückkam, hörte ich, wie er am Telefon sagte: »Nein. Sieh nach, ob er wirklich tot ist. Wenn nicht, müssen wir das Ding zu Ende bringen.« Er hatte so einen extremen Slang drauf, dass ich fast nichts verstand. Ich musterte ihn und stellte fest, dass er wirklich wie ein Gangster aussah. So wie die Typen auf den Fahndungsfotos im Fernsehen. Mir war zum Weinen zumute, ich ließ mir aber nichts anmerken. Er hat mir wirklich Angst gemacht.

Es gibt aber auch andere Überraschungen. Zum Beispiel macht es mir Spaß, mir bereits den Schwanz des Typen vorzustellen, wenn er die Wohnung betritt. Manchmal rate ich richtig, insbesondere, wenn er klein ist. Witzig, einen kleinen kann man ihnen ansehen. Ich weiß zwar nicht, warum, aber da liege ich zu fast neunzig Prozent richtig. Dagegen ist der gut Ausgestattete mir ein Rätsel. Es gibt Typen, bei denen du dir wer weiß was vorstellst. Wenn er dann die Karten auf den Tisch legt, ist er zwar nicht klein, aber auch nicht der Vorschlaghammer, der er zu sein versprach. Und es gibt andere, auf die du zunächst gar nichts geben würdest. Aber dann geht's zur Sache und – Überraschung!

Ich hab sogar schon mal gedacht, dass der Riemen gar nicht bei mir reinpassen würde. Wenn er nicht mal ganz in den Mund geht (nur gerade mal der Kopf), wie soll er dann erst in die Spalte passen? Ich gebe zu, dass die Größe mancher Geräte erschreckend ist. Aber irgendwie klappt es dann doch immer.

Ich persönlich lege keinen besonderen Wert auf Aussehen oder Körpergröße des Mannes. Natürlich hätte ich gern einige meiner Kunden, die wirklich liebenswürdig, wenn auch nicht unbedingt besonders gut aussehend waren, bei anderer Gelegenheit kennengelernt. Dann hätte ich mich sicher auf sie eingelassen. Früher träumte ich wie alle Frauen vom Märchenprinzen. Meiner sollte treu sein. Inzwischen habe ich die Suche danach aufgegeben ... Träume sind Schäume. Aber ich möchte einen echten Kumpel. Jemanden, der zärtlich zu mir ist und mich beschützt – und das Gleiche von mir zurückbekommt. Einen Vertrauten. Und da lege ich wirklich keinen Wert auf das Aussehen. Das ist mir inzwischen egal.

Montag, 7. März – Fünfte Nummer

Ein Grobian, ein Klotz – aber er versuchte zumindest, aufmerksam zu sein. Wir waren definitiv nicht auf derselben Wellenlänge. Am Anfang lief es in Richtung Ferkelei, aber danach wurde es total mechanisch. Ich begann, mich vor ihm zu ekeln, vor allem vor seiner Zunge, und musste fast weinen. Dann atmete ich tief durch und erinnerte mich daran, dass man vom Regen halt nun mal nass wird ... Er leckte mich, aber ich kam einfach nicht zum Höhepunkt, weil ich mich so vor seiner Zunge ekelte. Da er gar nicht mehr damit aufhören wollte, fing ich an, ihm einen zu blasen, und kniete mich dann in Hündchenstellung vor ihn. Er kam schließlich in mir.

Tja, nicht immer ist die Arbeit ein Vergnügen. Und es gibt Dinge, die man später wirklich bereut. Ich will hier aber keine Moralpredigten halten. Ich glaube, das Einzige, was ich in meiner Laufbahn, sogar in meinem ganzen Leben bitter bereue, ist der Porno, den ich gedreht habe. Im Gebäude, in dem ich wohne, wohnen nicht nur viele Stricher, sondern auch ein paar Darsteller. Ich traf sie oft im Lift, wo sie mich ansprachen: »Du siehst gut aus. Willst du nicht ein paar Fotos machen lassen? Ich zeige sie dann der Produktionsfirma, bei der ich Filme drehe.« Das hörte ich so oft, dass ich schließlich darauf einging. Mir war bewusst, dass es sich nicht gerade um künstlerisch wertvolle Filme handeln würde.

Der Dreh war nicht schön, kein bisschen. Es ist alles sehr künstlich, alles gespielt. Dauernd muss man stoppen, weil der Regisseur abwinkt und auffordert, zu unterbrechen. Du darfst nicht in die Kamera gucken, sondern musst die ganze Zeit den Regisseur im Auge haben und auf die Zeichen achten, die er dir gibt. Eine Handbewegung bedeutet, du sollst die Stellung wechseln, die andere, du sollst stöhnen. Es ist ein einziger Wahnsinn, mit einem Haufen Leute um dich herum zu vögeln und dabei auf die Anordnungen der Regie zu achten. Es ist schwierig, auf diese Weise natürlich zu bleiben ... Immerhin habe ich dabei gelernt, wie so was läuft.

Auch aus einem anderen Grund war es keine schöne Erfahrung: Die Bezahlung ist sehr schlecht. Man verdient fast nichts. Ich habe so wenig bekommen, dass ich mich fast schäme, es zu erzählen: Es waren 500 Real. So was läuft aber auch nur in Brasilien. In den USA ist Pornodarsteller ein anerkannter Beruf. Dort wird man wirklich respektiert.

Alles, was ich bisher erreicht habe – den Ruhm, die guten wie die schlechten Erfahrungen –, macht mir in gewisser Weise noch ein bisschen Angst. Neulich lief ich mit Sonnenbrille durch meine Straße, als mich auf einmal ein Typ antippte (ich dachte erst, es wäre ein Überfall) und fragte: »Bitte entschuldigen Sie die Neugierde, aber sind Sie nicht Bruna Surfistinha?« – »Nein, Sie müssen mich verwechseln.« – »Oh, Verzeihung, dann habe ich mich wohl geirrt.« Ich war sehr überrascht, denn ich hätte nie damit gerechnet, dass mich jemand auf der Straße ansprechen, mich wiedererkennen würde. Ich war so verdutzt, dass ich mich verleugnete. Eigentlich kindisch …

Andererseits ist es mir beim Partnertausch im Swingerclub schon passiert, dass der Typ anschließend zu mir sagte: »Du bist Bruna Surfistinha, nicht wahr? Ich war immer schon scharf auf eine Nummer mit dir und jetzt hab ich sie gratis bekommen.« Ich hätte ihn umbringen können!

Was mich am meisten überrascht, ist die Tatsache, dass die meisten neutral reagieren, wenn sie mich wiedererkennen. Aber es gab auch schon Gekicher, wenn ich irgendwo vorbeiging. Ich frage mich dann immer: Ob sie wirklich mich gemeint haben? Jedenfalls habe ich nicht vor, wegen meines Lebenswandels neurotisch zu werden, mir etwa vorzustellen, dass mich ein Typ nur deshalb anbaggert, weil er weiß, wer ich bin. Ich sehe gut aus, und ich werde nicht denken: »Ah, er hat mich erkannt und deshalb macht er sich an mich ran.«

Manchmal gehe ich mitten in der Nacht zu dem Haus, in dem meine Eltern wohnen, und bleibe eine ganze Weile davor stehen. Das letzte Mal war ich mit meinem Freund da: Wir standen eine halbe Stunde auf der anderen Straßenseite, tranken etwas und ich ließ den Film meiner Vergangenheit ablaufen. Aus dem Eingang tritt ein verschrecktes Mädchen in Schuluniform, über der Schulter ein Schulrucksack mit wenigen Kleidungsstücken, und läuft völlig ahnungslos seinem selbst gewählten Schicksal entgegen.

Ich blicke zu den dunklen Fenstern der Wohnung auf, in der ich einmal gewohnt habe, erinnere mich an mein helles Zimmer mit den Rollos (keine Vorhänge oder Plüschtiere: Ich habe eine Stauballergie), den Mädchenzimmermöbeln (ich wollte keine »Erwachsenenmöbel«) und der langen Tischplatte, an der ich für die Schule lernte, Hausaufgaben machte und Stunden vor meinem Computer oder dem Fernseher verbrachte. Ich kehre nicht dorthin zurück, weil ich hoffe, meinen Eltern zufällig zu begegnen. Daher auch diese Uhrzeit für meine Visiten. Auf ein Treffen bin ich noch nicht vorbereitet und sie auch nicht. Wie würde mein Vater reagieren? Und meine Mutter? Wir haben uns seit damals nie wieder gesprochen. Eines Tages werden wir uns natürlich wiedersehen, aber geplant. Wenn ich mich zur Ruhe gesetzt habe, will ich ihnen beweisen, dass ich zwar auf den Strich gegangen bin, aber damit auch wieder aufgehört habe. Hoffentlich macht mir das die Rückkehr leichter.

Wenn ich am Ende immer noch mal an dem Haus vorbeigehe, schaue ich mich um und sehe, dass vieles sich verändert hat – so wie ich auch.

Heute weiß ich, dass alles, was ich erlebt habe, eine notwendige Phase in meinem Leben war. Ich bereue nichts. Diese drei Jahre mussten so ablaufen: die Hurerei, die Drogen ... Wäre es nicht so gelaufen, weit weg von meinen Eltern, würde ich vielleicht immer noch Antidepressiva schlucken. Und sie? Ich will es mir lieber nicht vorstellen ... Warum das alles gut war? Ich bin zu einer Person gereift, die gelernt hat, auf sich zu achten und sich selbst zu mögen, mit den verschiedensten Menschen umzugehen und sie alle so zu respektieren, wie sie sind. Früher habe ich niemanden respektiert. Wenn ich kein Callgirl wäre, würde ich die Menschen in ihrer Verschiedenheit nicht akzeptieren. Ich habe gute und schlechte Menschen kennengelernt – der beste ist Gabi. Und ich weiß, dass ich nicht mehr so egoistisch bin wie früher. Ich glaube inzwischen sogar, dass ich seinerzeit nur etwas mehr Geduld gebraucht hätte – dann hätte ich zu Hause bleiben und eines Tages wieder ein normales Verhältnis zu meinen Eltern haben können. Es gäbe keine Bruna, nur Raquel. Aber nur Bruna konnte zu diesem Schluss kommen. Raquel allein niemals.

Letztes Jahr habe ich meine Oma mütterlicherseits in einem Altersheim in Sorocaba besucht. Sie hat mir ein Fotoalbum gezeigt. Darin fand sich kein einziges Foto meines Vaters. Aber es gab eines meiner Mutter, wie sie meine neugeborene Nichte auf dem Arm hält, die ich noch nicht kenne. Ich weiß nicht, was mich dazu gebracht hat, mir gerade dieses Foto auszuleihen, um einen Abzug davon machen zu lassen. Ich bewahre es in meinem Notizbuch auf. In gewisser Weise bringt es mir meine Mutter näher – und die Mutterschaft, sofern ich an meine zukünftigen Kinder denke (es sollen zwei werden, ein Junge und ein Mädchen, am liebsten Zwillinge). Ich glaube, ich werde nicht so streng sein und mehr Verständnis für meine Kinder zeigen. Ich bin das lebende Beispiel dafür, dass es nichts nützt, ein Kind einzusperren, ihm alles zu verbieten. Meine Kinder sollen nach Hause kommen können, wann sie wollen, solange ich weiß, wo sie sind. Mein Leben hat mir gezeigt, wo die Fallen lauern. Und ich bin in alle hineingetappt.

Donnerstag, 21. Mai

Manchmal frage ich mich, was ich aus meinem Leben gemacht habe. Aber ich weiß, dass ich die Früchte ernten werde – oder sie vielleicht bereits ernte, ohne es zu wissen. Heute habe ich meine Vergangenheit Revue passieren lassen, aber ohne depressiv zu werden, sondern voll Nostalgie und Zuneigung. Ohne diese Vergangenheit wäre ich nicht der Mensch, der ich bin, die Nutte, die ich bin, sondern hätte meine andere Seite ausgelebt, die nur wenige Menschen kennen. Es tut so gut, sich an die lustigen Stunden mit der Familie, die Reisen, die Schulfreunde, an all das zu erinnern … Nachdem ich eine ganze Weile den »Film« meiner Vergangenheit angeschaut hatte, der in meinem Kopf ablief, trocknete ich meine Tränen und richtete mich wieder auf. Ich weine gerne, weil es mich erleichtert.

Wenn dieses Buch veröffentlicht worden ist, werde ich schon nicht mehr als Freudenmädchen arbeiten. Ich kenne den genauen Tag nicht, aber ich weiß, dass er vor meinem Geburtstag liegen wird. Mein Geschenk an mich selbst …

Meine Eltern sollen wissen und verstehen, dass ich alles um meines Glückes willen getan habe. Um glücklich zu sein, muss man immer auf irgendetwas verzichten. Man kann nie alles haben.

Ich habe auch das Glück gehabt, in meiner Zeit als Nutte den Mann meines Lebens kennenzulernen. Ich weiß, dass nicht alle Freudenmädchen so viel Glück haben.

Auch wenn ich mich zur Ruhe setze, werde ich das *Blog* bis zum letzten Tag meines Lebens fortführen. Ich möchte darin noch schreiben können, dass »morgen meine Hochzeit ist« oder dass »gestern mein Sohn geboren wurde«. Und erst recht hoffe ich, dies alles zusammen mit Pedro zu erleben.

Das Wichtigste im Leben ist, die Suche nach dem Glück nie aufzugeben.

Verbotene Geschichten

In fast drei Jahren als Hure habe ich wohl über tausend Nummern geschoben. Das sage ich nicht nur wegen des Vögelns an sich, sondern auch, weil ich dabei mit jeglicher Art von Männern klarkommen musste: mit attraktiven, hässlichen, wohlriechenden, müffelnden, ruhigen, eiligen, machomäßigen, rücksichtslosen, einfühlsamen … Inzwischen kann ich sagen, dass mich keine sexuelle Phantasie mehr erschreckt: Ich habe bereits alles mitgemacht und gesehen.

Ich muss allerdings zugeben, dass ich einige Phantasien recht merkwürdig fand. Trotzdem halte ich es für das Wichtigste, sich nicht zu schämen oder Angst davor zu haben, sie auszuleben – auch wenn sie noch so »außerhalb der Norm« liegen. Sehr oft wollen Kunden beispielsweise, dass ich den »aktiven Part« übernehme und beim Sex die Rollen vertauscht sind: Ich spiele den Mann und dringe mit einem Vibrator in den Kunden ein.

Es ist unglaublich, welche Lust die Männer im Analbereich empfinden, aber die Mehrheit gibt das wegen des Männlichkeitswahns nicht zu. Ich halte diese Art von Lust für normal, denn wenn es nicht lustvoll wäre, gäbe es nicht so viele Homosexuelle. Warum sucht sich ein Mann, der es gern anal macht, dafür nicht einen anderen Mann statt eine Frau? Das habe ich alle gefragt, die diesen Wunsch bei mir ausgelebt haben, und erhielt immer dieselbe Antwort: Wenn eine Frau sie penetriert, fühlen sie sich nicht schwul. Ich stelle fest, dass 99 % der Kunden, die mich darum gebeten haben, verheiratet sind.

Warum ich das erzähle? Um zu verdeutlichen, dass dieser Wunsch häufiger vorkommt, als man sich das vorstellt.

Eines Tages ging ich mit einem völlig normalen Kunden aufs Zimmer. Ich konnte meine Überraschung nicht verbergen, als er eine Tüte mit Arzthandschuhen aus der Aktentasche zog und mich bat, einen davon anzuziehen. Während er die Verpackung aufriss, sagte er ohne Umschweife: »Das hast du bestimmt noch nicht erlebt, da bin ich mir sicher.« Bevor ich etwas sagen konnte, fuhr er fort: »Wahrscheinlich wird dir das auch nicht noch mal begegnen. Ich möchte, dass du deine Faust in mich reinsteckst.«

Er zeigte keine Spur von Verlegenheit. Auweia! Ich dachte, meine Hand würde da nicht reinpassen. Ich bin mit einem Arzt befreundet, der mir schon von den merkwürdigsten Notfällen erzählt hat, von Typen, die alle möglichen Dinge hinten drinstecken hatten, die sie dann nicht mehr rausbekamen. Meist eine Flasche, die wegen der Muskelkontraktion festhing.

Wenn eine Flasche in so ein Loch reinpasste, würde es mit der Hand auch gehen, beschloss ich. Ich stellte fest, dass der Typ viel Erfahrung damit hatte. »Steck einen Finger rein, dann zwei, bis alle drin sind, und schieb dann weiter, das geht schon.« Es ging 'ne Menge Gel dabei drauf. Gleich die ganze Faust reinstecken zu wollen funktioniert nicht. Also befolgte ich seine Instruktionen, bis meine Hand vollständig in ihm verschwunden war, was am Ende tatsächlich gar nicht so schwierig war.

Als meine Hand schon zur Hälfte drin war, bekam ich Panik, dass sein Anus anschwellen und ich die Hand nicht mehr rausziehen könnte. Man stelle sich vor, ich würde in diesem Zustand ins Krankenhaus eingeliefert! Außerdem fürchtete ich, es könnten Verdauungsprodukte austreten. Das mag ich gar nicht. »Keine Angst, ich hab 'ne Spülung gemacht, bevor ich hergekommen bin. Es kann kein ›Unfall‹ passieren.« Es schien ihm nicht wehzutun und war bestimmt nicht sein erstes Mal, wie ich aus seinen Worten und der Tatsache schloss, dass es doch recht einfach gewesen war, meine Faust in ihn reinzustecken, und er scheinbar große Lust dabei empfand.

Ich blieb eine ganze Weile in ihm drin und befolgte seine Anweisungen: »Beweg die Hand nach rechts, beweg sie hin und her.« Das ging bestimmt eine halbe Stunde so, während er in Hündchenstellung vor mir kniete und sich einen runterholte. Es dauerte ein bisschen, bis er kam. Gebumst wurde nicht. Das war wirklich mal was anderes.

Ich liebe Intimpartys. Nicht die im Swingerclub, aber in meiner Wohnung oder in der Wohnung eines Kunden. Ich habe schon an vielen teilgenommen. Eine wird mir aber immer im Gedächtnis bleiben. Bestimmt rät niemand, wie viele Teilnehmer es waren. Vier? Nein. Fünf? Nein … ACHT! Und ich war das einzige Mädchen! Eigentlich war es anders geplant gewesen. Die Jungs, die noch ziemlich frisch waren, hatten drei weitere Mädchen angerufen. Es sollten zwei Schwänze pro Mädchen sein, mit mir als »Hauptgericht«, denn alle wollten auch ein bisschen was von mir haben. Aber als die anderen drei Mädchen kamen, gefiel den Jungen keine von ihnen, und sie schlugen mir vor: »Und wenn wir nur mit dir zusammenbleiben? Bist du einverstanden?«

Ich war sofort einverstanden.

Um mit der Aufgabe fertig zu werden, musste ich all meine Kreativität bemühen, aber die habe ich ja im Überfluss. Es würde eine Bumssensation der Spitzenklasse werden. Sie beschlossen, sich in Vierergruppen bedienen zu lassen, damit es nicht nach schwuler Orgie aussah. Dann ging es los. Zuerst wechselten sich die Pimmel ab: Die vier standen um mich rum, und ich lutschte abwechselnd den einen auf der einen, den anderen auf der anderen Seite, während ich den Dritten und Vierten wichste. Jeder wurde gelutscht und gewichst, in dieser Reihenfolge.

Da die vier spitz waren wie Nachbars Lumpi, legte sich der Erste auf den Rücken und ich ritt ihn, ohne die anderen drei loszulassen: einen Schwanz in jeder Hand und den dritten im Mund. Danach ging es wirklich rund: verschiedenste Sandwichs, und sobald einer fertig war, überlies er dem Nächsten den Platz, der jeweils zuerst einen geblasen und gewichst bekam. Glücklich war der, der etwas länger brauchte, um abzugehen – oder sich schnell wieder erholte, um eine zweite Halbzeit zu versuchen. Ich kam immer wieder, ohne große Anstrengung. Ich legte sie wirklich der Reihe nach um, all diese harten Dinger. Aber das Beste war, dass ich nie eine lukrativere Nummer geschoben habe: acht Kunden auf einen Schlag, und alles für mich.

Einmal hatte ich einen brutalen Kunden, der mich ziemlich deprimierte. Es tröstete mich ein bisschen, als er erzählte, dass er trotz seines Alters noch nie verheiratet gewesen war. Ich schloss daraus, dass ich nicht die erste und auch nicht die letzte Frau war, die er misshandelt hatte. Als er wieder weg war, speicherte ich seine Nummer, um nie wieder dranzugehen, falls er sich wieder meldete. Bis er eines Tages von einem anderen Telefon aus anrief und sich mit anderem Namen meldete. Da ich seine Stimme nicht wiedererkannte, verabredete ich einen Termin und war ganz starr vor Schreck, als ich sah, wer in der Tür stand. Er kam sofort rein, packte mich und warf mich auf das Sofa. In dem Moment dachte ich an alles, nur nicht an das Geld, das ich gerade verdiente. Wir gingen nach oben ins Zimmer, er stieß mich brutal auf das Bett und begann, mir die Kleider vom Leib zu reißen. Ich ekelte mich vor seinen schweißigen Händen. Er erschien mir eher wie ein Tier als wie ein Mann. Wäre ich keine Nutte, hätte ich mich als Vergewaltigungsopfer gefühlt. So kam ich mir vor wie der letzte Dreck.

Ich sagte ihm, dass ich die Nummer nur machen würde, wenn er nicht so brutal wäre. Aber er hörte mir gar nicht zu oder tat zumindest so. Weil ich wusste, dass es mich noch mehr stressen würde, ihn loszuwerden, beschloss ich, die Nummer durchzuziehen. Ich ging in Hündchenstellung und er rammte mir seinen Kolben mit aller Kraft zwischen die Beine. Es tat weh, weil ich trockener war als die Saharawüste und er außerdem so brutal zustieß, als wäre ich eine Gummipuppe. Dann zog er seinen Schwanz wieder raus und steckte ihn mir in den Hintern. Der Schmerz steigerte sich, weil es dort natürlich auch trocken war. Ich schaffte es, das Gel vom Nachttisch zu angeln und aufzutragen. Das missfiel ihm – als ob er jemals in der Lage wäre, irgendeine Frau feucht werden zu lassen!

Ich blieb in Hündchenstellung, aber er kam und kam nicht. Jede Sekunde war wie eine Ewigkeit … Es gelang mir nicht, mich zusammenzureißen, und ich begann zu weinen, ich weiß nicht, ob aus Wut, Hass, Schmerz oder Ekel. Wahrscheinlich war es eine Mischung aus allem … Ich zwang mich, meine Tränen zurückzuhalten, weil das Geheule nichts nützen würde und die Situation sogar verschlimmern konnte. Ich versuchte, stark zu sein und meine Gefühle zu unterdrücken.

Natürlich gab ich mir nicht die geringste Mühe, Lust vorzutäuschen. Wozu meine Energie für falsches Stöhnen verschwenden? Er sollte ruhig spüren, dass ich es hasste, mit ihm zusammen zu sein.

Dann drehte er mich für die Missionarsstellung um.

Mein Körper war so schlaff, dass ich mich wirklich wie eine Gummipuppe fühlte. Er blieb eine ganze Weile über mir. Ich wusste, dass die Zeit bald um war, und dachte nur noch an das Geld. »Es fehlt nicht mehr viel«, wiederholte ich in Gedanken immer wieder.

Was ihm plötzlich durch den Kopf ging, weiß ich nicht. Jedenfalls hatte ich die Augen geschlossen und er war immer noch über mir, als ich aufschreckte, weil ich einen Schlag ins Gesicht bekam. Dass dies so überraschend geschah, machte den Schreck noch größer. Nach dem zweiten Schlag bat ich ihn, damit aufzuhören. Glücklicherweise tat er das sofort, denn ich weiß nicht, wozu er sonst noch fähig gewesen wäre ... Er rammelte immer noch weiter und ich hielt es langsam wirklich nicht mehr aus. Ich ließ die Augen lieber offen, um zu verhindern, dass er auf neue fiese Ideen kommen konnte. Aber ich schaute zur Seite ... und mir fiel ein, dass er, abgesehen von meinem Vater, der Erste war, der es sich erlaubt hatte, mich zu schlagen. In dem Moment wurde mir klar, dass jeder Mann in der Lage sein konnte, mich zu schlagen ...

Immerhin war die Zeit für die Nummer irgendwann abgelaufen. Ich stand auf und sagte, dass es nicht meine Schuld war, dass er nicht kommen konnte. Alles, was ich noch tun könnte, wäre, ihm dabei zu helfen, sich einen runterzuholen. Er zog sich an, zahlte und ging. Ich setzte mich aufs Sofa und starrte eine ganze Weile auf das Geld. Die gesammelte Wut, die ich für ihn empfunden hatte, verflog und machte einem Gefühl des Mitleids Platz. Ja, wirklich. Solche Männer verdienen Mitleid statt Wut. Er ist in seinem Leben noch nie geliebt worden – was er mir beim ersten Mal selbst erzählt hat –, er hat noch nie eine Freundin gehabt. Der Grund ist offensichtlich. Er ist ein Typ, der den Mund gar nicht aufzumachen braucht – man sieht ihm auf den ersten Blick an, wie traurig und einsam er ist. Und seine Brutalität im Bett ist nur die Reaktion eines ungeliebten Menschen.

Ein Kunde reiste aus einer anderen Stadt an, nur um mit mir eine Nummer zu schieben. Er kam zwar aus einer Kleinstadt in der Nähe von São Paulo, aber ich empfand es als Zeichen größter Wertschätzung, denn in seiner Stadt gab es natürlich auch Nutten. Doch er wollte ausgerechnet mich. Er war Mitglied in einer fernöstlichen Sekte – den Namen habe ich nicht richtig verstanden – und hat mich sogar gesegnet! Wir saßen uns gegenüber mit ausgestreckten Händen, und er sprach irgendwelche Gebetsformeln, die ich nicht verstehen konnte. Er sagte, das sei ein Ritual gewesen, um den Geist zu reinigen. Und es hat wirklich funktioniert – ungelogen! Ich war danach total entspannt.

Das Beste am Swingerclub war, dort immer wieder ein Pärchen zu treffen, das ich vor drei Monaten dort kennengelernt hatte. Wir spielten damals nicht zu viert, sondern machten nur Partnertausch. Er war ein unglaublich attraktiver Mittvierziger, genau mein Typ. Den hätte ich gern für mich gehabt. Grau meliert, ein bisschen unverschämt, schlank – und beim

Bumsen richtig auf Zack. Als ich ihn sah, saß er mit einer Frau am Tisch und ich tanzte auf der Piste. Er lächelte mir zu. Später, als sie für einen Augenblick nicht in der Nähe war, zog er mich an sich und leckte und knabberte ein bisschen an mir herum, sodass ich einfach heiß werden musste. Diskret gab er mir seine Visitenkarte und bat mich, ihn anzurufen, damit wir uns allein treffen konnten. Mein Kunde wurde leider eifersüchtig, sodass ich nicht mit ihm zusammenbleiben konnte.

Zuerst ging es dann mit einem Blondchen ab, das auch nicht zu verachten war … Ich war scharf darauf, eine Pussy zu lecken, und fragte sie gleich, ob sie mich ließ. Sie setzte sich hin und ich leckte sie eine ganze Weile, aber sie kam nicht. Währenddessen streichelte mich ihr Mann, aber ich begann, mich davor zu ekeln. Wenn ich mit einer Frau zusammen bin, mag ich es nicht, wenn ein Mann mich berührt.

Neben mir war noch eine andere Frau, die mich noch intensiver streichelte. Sie war sehr sanft, auch wenn ich ihre Zartheit nur durch meine Kleidung spürte. Sie flüsterte mir ins Ohr: »Du bist total scharf. Darf ich dich küssen?« Mein Gott! Was tat sie da bloß? Ich überlegte mir das kein zweites Mal, verließ das Blondchen und warf mich in die Arme der Brünetten, die viel appetitlicher war. Wir knutschten ausgiebig, ich schleckte ihre Brüste, die mit Silikon vergrößert waren, und sie schleckte meine. Sie sagte mir lauter Anzüglichkeiten, woran ich merkte, wie spitz und hemmungslos sie war. »Junge Mädchen wie du machen mich total an«, meinte sie. Sie selbst war ungefähr dreißig. Ich glaube, wir beschäftigten uns über eine halbe Stunde miteinander.

Zuerst lutschte sie mich, bis ich kam. Anschließend besorgte ich es ihr. Wir waren sehr zärtlich zueinander, und ich bestand am Ende darauf, mich von ihr zu verabschieden. Als ich sie umarmte, sagte ich: »Es war wunderschön, mit dir zusammen zu sein.«

Ah, wie gern würde ich diese Frau außerhalb des »Liebestempels« wiedertreffen, ohne einen Mann in der Nähe, nur wir beide. Ich hätte sie nach ihrer Telefonnummer fragen sollen. Die Frau hat mich fasziniert. So sehr, dass ich nach ihr keine Lust mehr auf andere Frauen hatte.

Es gibt Kunden, die schließlich so gut sind, dass sie eigentlich von mir Geld kriegen müssten. Es war meine zweite Nummer mit diesem absolut sympathischen Surfer. Beim ersten Mal war ich gekommen, während er mich lutschte; es war aber nichts Besonderes gewesen. Ich erwartete also gar keine Reprise. Welch ein Irrtum! Als er mich aufforderte, mich hinzulegen, die Beine zu öffnen und zu entspannen, fehlte nur noch die Anweisung, mich festzuschnallen. Die hätte ich fast gebraucht, denn ich versuchte noch, mich zusammenzureißen, aber es half alles nichts: Ich kam in kürzester Zeit so köstlich wie lange nicht mehr. Aber wer hatte gesagt, dass er daraufhin aufhören würde, mich zu lecken? Er machte weiter, bis ich noch einmal und noch einmal kam, hintereinander, wobei ich vor lauter Lust schrie und schnurrte. Ich dachte, ich würde es nicht mehr aushalten, ich schwöre es. Es dauerte eine ganze Weile, bis ich wieder in der Lage war, etwas zu sagen. Fast hätte ich ihn gefragt: »Was bin ich dir schuldig?«

Auf dem Nachhauseweg kamen mein Freund und ich durch eine Gegend, in der Transvestiten auf Kunden warten. Ich hatte getrunken, war übermütig und hatte Lust, die Gestalten, die Transen aufgabeln, mal aus der Nähe zu betrachten. Ich habe nichts gegen Transvestiten. Meiner Meinung nach kann jeder mit seinem Körper machen, was er will.

Ich stellte mich also ungefähr vierzig Minuten lang an eine leere Straßenecke. Pedro parkte natürlich in der Nähe und hatte sich im Autositz klein gemacht, um mich unauffällig zu beobachten. Ich hatte meine Augen überall, um nicht zu verpassen, wenn ein Transvestit kam, um mich zur Rede zu stellen, weil ich womöglich an einer Ecke stand, die schon vergeben war. Ich beobachtete Pedros Auto und schaute ins Innere der Kundenwagen, die vor mir hielten …

Trotz meiner Jeans fror ich ziemlich, denn ich hatte nur ein ärmelloses Shirt an … während die Transvestiten halbnackt arbeiten, trotz der Kälte.

Während ich dort stand, hielten über zehn Autos. Drei Typen hielten mich wirklich für einen Transvestiten; die anderen erkannten mich als Nutte. Witzig fand ich, dass einer hielt und fragte: »Du bist eine Frau, oder?!«, und auf mein Nicken aufatmete: »Endlich habe ich hier eine gefunden, aber hey, du stehst an der falschen Stelle!«

Von einem Kerl muss ich in diesem Zusammenhang

unbedingt erzählen. Er hielt mich für eine Transe und fragte sogar nach der Größe meiner Apparatur. Wir unterhielten uns ein bisschen und ich bemerkte den Ring an seiner Hand. Den konnte ich einfach nicht ignorieren und fragte, ob er verheiratet sei. Er bejahte. Ob seine Frau wüsste, dass er mit Transvestiten ausgeht. »Sie hat keine Ahnung und darf es auf keinen Fall erfahren!«

Du stehst auf Transen? Warum nicht! Das ist dein gutes Recht, aber … warum heiratest du dann eine Frau??? Von mir aus kann man auf Transvestiten abfahren, aber dann soll man auch einen heiraten. So simpel ist das. Ich habe schon häufiger von Männern gehört, die einen Transvestiten geheiratet haben, ohne sich zu schämen oder schuldig zu fühlen. Das sind wirklich echte Männer!! Die stehen zu ihren Vorlieben!

Danach hielt ein Wagen mit zwei Milchbärten. Erfreulicherweise enttäuschten sie mich nicht und merkten, dass ich eine Frau bin. Ich fragte, ob sie auf Transvestiten abführen, worauf sie unisono antworteten: »Hör bloß auf, wir stehen nur auf Frauen!«

Ein anderer hielt an und fragte sofort, ob ich eine Transe sei. Ich nickte. Dann schaute er auf meinen Schritt und sagte: »Aaah, es sieht aber nicht danach aus, als hättest du da einen Pimmel.« Ich antwortete: »Er ist noch weich.« Dann hielt ich es nicht mehr aus und begann zu lachen, und er merkte, dass ich ihn an der Nase herumführte.

Ach ja, und einer mit bekifftem Gesichtsausdruck fragte: »Wie viel nimmst du für einen schnellen Schnuller?«

Um zu verhindern, dass mich wirklich einer mitnahm, nannte ich einen zu hohen Preis: 100 Real, wenn der Wagen eine alte Karosse war, weil das für den Typen sicher zu viel war; wenn es ein guter Wagen war, 300, denn auch wenn der Fahrer so aussah, als hätte er Kohle, war das für diese Gegend einfach überhöht.

Keiner beschwerte sich über den Preis; die Männer sagten nur, dass sie nicht so viel hätten, einige versuchten, mit mir zu handeln. Einer sagte: »Das bist du auch wert, aber ich habe nur vierzig dabei. Kannst du dafür nicht etwas anbieten?« Ich lachte und verneinte, denn noch nicht einmal für ein bisschen Wichsen würde ich so wenig nehmen.

Tatsächlich forderte ich für eine Bordsteinschwalbe einen horrenden Preis; in dieser Kategorie sind fünfzig Real das Äußerste. Ein Kunde sagte sogar, dass alle, die er bisher mitgenommen hätte, nie mehr als vierzig gekostet hätten.

Über einen älteren Herrn machte ich mich ein bisschen lustig. Er hielt an, weil er glaubte, ich sei ein Transvestit. Als er näher kam, musterte er mich von oben bis unten und merkte, dass er sich geirrt hatte. Trotzdem unterhielten wir uns ein wenig, und ich fragte, ob er sich häufig eine Transe angelt, was er bejahte. Ich wollte wissen, warum er auf Transvestiten stand. Er erklärte, eine Transe gäbe ihm das Gefühl, gleichzeitig mit einem Mann und einer Frau zusammen zu sein. Dann fragte ich ihn, ob sein Hintern denn schon aufgerissen wäre, was er bierernst bejahte, weil er nicht merkte, dass ich ihn damit hochnehmen wollte. Es täte ihm nicht mehr weh, hinten reingefickt zu werden …

Einmal bediente ich zwei Kunden gleichzeitig, nach Ferkelei-Manier. Einer von ihnen war schon mal bei mir gewesen. Während ich den einen lutschte, beobachtete der andere uns und holte sich dabei einen runter. Sein Kollege kam in meinem Mund. Danach machte ich mich über den Penis des anderen her, der auch in meinem Mund abspritzte. Ich legte mich hin, und die beiden begannen gleichzeitig, meine Brüste zu lutschen – köstlich. Währenddessen spürte ich, wie die Hand des einen begann, meine Muschi zu reiben. Ich kam nur deshalb nicht, weil er sich zu ungeschickt anstellte. Immerhin, der Wille war da …

Ich ging in Hündchenstellung, und während der eine mich fickte, schnullerte ich wieder den anderen. Er kam zuerst, der andere, der in mir steckte, brauchte noch ein bisschen. Dass ich es mit zwei Männern gleichzeitig trieb, machte mich total spitz.

Eines Abends im Swingerclub traf ich auf eine scharfe kleine Schwarze. Sie ließ sich gerade von ihrem Partner ficken, und ich setzte mich neben sie, um sie zu streicheln. Ich konnte meine Geilheit nicht zügeln und begann, ihre Brüste zu lecken, die äußerst knusprig waren. Dann küssten wir uns ausgiebig. Aber dabei blieb es auch. Ich war ganz heiß darauf, ihre Pflaume auszulutschen, aber ich traute mich nicht. Stattdessen tauschten wir den Partner, was sich auch gelohnt hat. Er war super und nahm mich so, wie ich es mag. Leider kam er ziemlich schnell.

Als wir gehen wollten, sah ich an einem Tisch ein appetitliches Blondchen mit einem Alten, der ihr Großvater hätte sein können. Sie zog mich zu sich heran, aber ich merkte, dass sie betrunken war. Ich blieb vor ihr stehen, und sie holte eine meiner Brüste aus dem Ausschnitt und begann, sie zu schlecken. Dabei schaute sie mir in die Augen, ohne mit der Wimper zu zucken. Das machte mich total an, aber mein Kunde zog mich weg, weil er rauswollte.

Ich ging ans Telefon – und der Typ fragte ohne Umschweife: »Machst du Kaviarsex?«

Na gut, ich hatte schon ein paarmal *golden shower* gemacht, aber Kaviarsex? Ich erklär mal, was das ist. Beim *golden shower* will der Kunde, dass du ihn anpinkelst, während er sich einen runterholt, meistens nach dem Vögeln, um dann durch den »Natursekt« zum Höhepunkt zu kommen. Das Ganze ist gar nicht so einfach. Man muss viel trinken und sich dann ziemlich konzentrieren. Mit randvoller Blase hält man es nicht aus, zu vögeln, also muss man gut dosieren. Man muss so vorbereitet sein, dass man genau dann, wenn es erwünscht ist, den Hahn aufdrehen kann.

Mit dem großen Geschäft ist es noch schwieriger. Ich hab das einmal gemacht und dann nie wieder. Als der Kunde mich am Telefon danach fragte, sagte ich mehr aus Neugierde als aus Lust zu. Ich gebe zu, dass mich die Situation dann etwas nervös gemacht hat. Wir hatten ein kleines Vorspiel, bis ich sagte, dass ich jetzt Lust hätte. Da legte er sich auf den Rücken, wichste wie wild und starrte dabei auf meinen Po, während ich über ihm hockte und – mich entleerte … War es nicht das, was er wollte?

Wir hatten uns gerade hingelegt, und ich wollte mich über den Kunden hermachen, aber er bat darum, sich noch ein bisschen mit mir zu unterhalten, weil ihm die Eroberung wichtig war, auch bei Prostituierten. Wir unterhielten uns also, bis er mich fragte, ob ich auch küssen würde. Ich erklärte ihm, dass ich das nur bei Kunden täte, bei denen ich das auch wirklich wollte, und nutzte die Gelegenheit, um ihn zu küssen. Dann drehte er mich auf den Bauch und leckte und beknabberte meinen Rücken und Po, drehte mich wieder um und begann, meine Pflaume zu lutschen. Nachdem ich in seinem Mund gekommen war, küsste er mich und ich konnte meinen eigenen Honig schmecken … Er rutschte wieder nach unten, leckte meine Brüste, dann meinen Bauch, meine Muschi, Beine und Füße. Dann kam er wieder hoch und lutschte meine Pflaume wieder so lange, bis ich ein zweites Mal kam. Dann küsste er mich wieder.

Sein Lümmel war hart und pulsierte, obwohl ich ihn noch nicht berührt hatte. Wir zogen ein Gummi über und er nahm mich in der Missionarsstellung, schlaffte aber bald ab. Er gestand mir, dass ihm das immer passiere, wenn er Gummis benutzen müsste, weil er daran gewöhnt war, mit seiner Frau ohne Kondom zu vögeln.

Nun wollte er einen 69er machen, um sein bestes Stück wieder aufzubauen. Damit hielten wir uns eine ganze Weile auf, aber da sein Pimmel auch weiterhin in Latex eingezwängt war, wurde er nicht steif.

Er bat um eine Verschnaufpause. Dann begann er wieder, mich zu lecken, und ich kam zum dritten Mal. Sein Lümmel erwachte wieder, sodass wir ein neues Gummi überzogen, aber nach kurzer Zeit wurde er wieder weich … Wir mussten aus zwei Gründen aufgeben: erstens weil die Zeit um war und zweitens weil wir nicht vögeln konnten … Resümee: Er hat mich nicht genommen, aber ich bin dreimal gekommen und habe dabei sogar noch meine Taler verdient. Oje. Trotzdem wollte er wiederkommen …

Einmal tauchte ein Gringo auf: ein Mann aus London. Er war sehr anhänglich und zärtlich. Die Chemie stimmte total – und wenn ich ihn besser verstanden hätte, wäre bestimmt mehr daraus geworden. Aber das Beste an der Nummer war, dass ich das Hotel *Unique* kennenlernte, wo er untergebracht war und ich ihn bediente. Weltklasse! Das Zimmer war super schnuckelig und hatte Plasma-TV. Wir versuchten, uns ein bisschen auf Englisch zu unterhalten, aber dann begann er mit einer wilden Mischung aus Spanisch und Portugiesisch, und ich musste ständig nachfragen, weil er so schnell sprach und ich nichts mehr verstand. Ich dachte, er wäre gefühlskalt, wie die Gringos in der Regel so sind. Aber nein: ganz im Gegenteil – er war sogar darum bemüht, mich zum Höhepunkt zu bringen.

Er leckte mich eine ganze Weile. Ich merkte, dass er nicht damit aufhören würde, bis ich nicht gekommen wäre. Dafür musste ich mich ganz schön anstrengen! Dann bat ich ihn, sich auf den Bauch zu legen, und begann, seinen Rücken zu lecken. Er kam auf Touren und … Überraschung: Er drehte sich um, hob die Beine hoch und bot mir sein Löchlein an, das ich nicht zurückwies. Ich leckte ihm die Rosette und er verdrehte die Augen. Dann schleckte ich abwechselnd seine Rosette und seinen Schwanz, bis er kam.

Heute habe ich zwei neue Stellungen kennengelernt: Bei der ersten legte mich der Kunde auf den Rücken und bog meine Beine so nach hinten, als wollte ich einen Purzelbaum schlagen. Ich fühlte mich fast wie ein Baby, das von der Mutter gepudert wird. Dann hockte er sich vor mich und fickte mich in den Arsch. Diese Stellung gefiel mir am besten. Von der anderen hatte ich schon gehört, sie aber noch nie ausprobiert: die sogenannte »Schere«. Dabei vögeln beide mit gespreizten Beinen, wie zwei ineinander verkeilte Scheren. Interessant, weil man sich dabei auf das Bein des anderen stützen kann und seinen Oberschenkel zu sich heranziehen kann – empfehlenswert!

Ich habe auch schon mit Berühmtheiten gebumst. Wie naiv, zu glauben, Stars würden nicht zu Nutten gehen … Keine Panik: Ich nenne keine Namen. Diskretion gehört zu meinem Berufsethos. Ich bin zwar ein leichtes Mädchen, aber keine Erpresserin.

Bei einem dachte ich: »Den kenne ich doch von irgendwoher.« Aber ich bemühte mich gar nicht darum, herauszufinden, woher, denn wir hatten schließlich etwas anderes zu erledigen. Allerdings spürte ich, dass er ein bisschen eingeschnappt war, weil ich ihn nicht darauf angesprochen hatte. Mitten im Geschehen sagte er: »Der Pförtner wollte ein Autogramm haben.« Der Ärmste, er war bestimmt frustriert. Ich antwortete nicht, sondern schnullerte einfach weiter. Mich hat so was noch nie beeindruckt, warum sollte das jetzt anders sein? Wenn er einen Groupie-Anfall erwartete, eine Bitte um ein Autogramm oder sonst was, dann hatte er halt Pech gehabt. Und von wegen VIP-Behandlung, womöglich die Rechnung nicht zahlen wollen … Hier war ich der Star!

Ein andermal kam ein bekannter Fernsehmoderator. Wir vögelten in aller Ruhe im Stil »Liebespärchen«, dann ging es in Ferkeleien über. Ich wusste, wer er war (und er wusste auch, dass ich es wusste).

Eine Orgie unter Lolitas. Nur ich und drei weitere Frauen, kein Mann in der Nähe. Alle mit praller Muschi, so wie ich es mag. Während die eine die andere behutsam auszieht, kommen erregende Dessous, künstliche und natürliche Brüste zum Vorschein, alle verschieden, aber gleichermaßen appetitlich. Kleine Knospen, hervorstehende, aber keine im Stil »Spiegelei«, nur solche, die einem den Mund wässrig machen, zum Anfassen, Liebkosen, Schlecken.

Wie die Glieder einer Kette hängt sich jede mit dem

Mund an die Pussy der anderen, bis der Kreis geschlossen ist und keine von dem Spiel ausgeschlossen bleibt, bei dem jede Einzelne gleichzeitig Zärtlichkeit und Lust gibt und empfängt. Wir wechseln die Partnerinnen. Jede hat einen anderen Geruch, einen anderen Geschmack. Dann bin ich plötzlich Mittelpunkt der Aufmerksamkeit. Alle drei Frauen widmen sich mir: Eine schleckt meine Brüste, die andere lutscht köstlich an meiner Pflaume, die dritte reitet über meinem Gesicht und füttert mich mit ihrem Nektar, den ich schlürfe, während ich sie zum Höhepunkt bringe.

Die Abfolge von Orgasmen ist unglaublich. Das Stöhnen wird zum musikalischen Hintergrund dieser femininen Orgie. Keine künstlichen Glieder, keine Witwentröster. Nur weibliche Berührungen, zarte Münder, geübte Zungen, die Berührungen der Haut, der Brüste, der Pussy. Wir kommen immer und immer wieder, bis wir uns erschöpft, aber befriedigt der Müdigkeit hingeben und uns, eine in den Armen der anderen, ausruhen, bis wir wieder so viel Energie haben, um von Neuem zu beginnen.

Das ist mein Traum. Leider ist er noch nie wahr geworden, außer in meiner Phantasie. Aber es ist nie zu spät für das Ausleben von Phantasien. Heute noch ein Traum, wird er eines Tages eine Erinnerung sein, von der ich feucht werde, sobald ich daran denke.

Bei meinem Lebenswandel gibt es nur sehr wenige Erfahrungen, die ich noch nicht gemacht habe. Abgesehen von diesem weiblichen Bachanal habe ich noch eine andere Phantasie, die ich hoffe, eines Tages ausleben zu können: Ich möchte mit einem Bullen vögeln

– und zwar hier in São Paulo. Die Uniformen der Militärpolizei machen mich wahnsinnig ... Der Schnitt verpasst jedem Mann einen Knackarsch – schon mal darauf geachtet? Der Hintern zeichnet sich rund und drall ab, und die Eier wölben sich so deutlich unter dem Stoff, dass man sich sofort die Waffe vorstellt, die dort zum Vorschein kommen könnte. Die Hemden und Blousons machen eine sehr gute Figur, und dazu noch die schwarzen Stiefel mit den riesigen Schnallen ... wow!

Das wäre eine starke Nummer. Er wäre natürlich angezogen, und ich würde ihn überall streicheln, so als hätte ich eine neue Puppe zum Spielen geschenkt bekommen, nur damit er mich anschließend energisch (aber nicht brutal) rannehmen und mit mir machen würde, was immer ihm einfiele. Er würde mich hochheben, und ich würde ihn reiten, mit dem Rücken an der Wand und den Beinen um seine Hüften geschlungen. Allein schon die Vorstellung eines Bullen, der die Hose runterlässt, um mich zu ficken, macht mich irre. Vermutlich würde ich sogar etwas gestehen, was ich nicht angestellt hätte! Wenn es dazu noch in der Öffentlichkeit passierte, im Kino zum Beispiel, würde ich die Engelchen singen hören. In aller Öffentlichkeit vögeln, zu wissen, dass es Leute gibt, die uns sehen können, wäre schon der halbe Weg zum Megaorgasmus. Zwei Phantasien auf einen Schlag auszuleben, das wäre göttlich. Na gut, jetzt, wo ich schon gestanden habe, wie meine geheimsten Wünsche aussehen, werden sie ja vielleicht auch wahr ... Gibt es Kandidaten?

Tipps für knisternde Stunden

Eigentlich wundere ich mich darüber, dass es immer noch so viele Männer gibt, die zu Freudenmädchen gehen. Ich habe aber festgestellt, dass die Ehepartner heutzutage wenig miteinander sprechen, insbesondere, was den Sex angeht. Sie sagen sich nicht, was ihnen gefällt (und was nicht), und verheimlichen ihre Phantasien. Auch wenn man niemanden zu etwas zwingen kann, was er nicht will, braucht es für den Sex doch immer zwei. Weil schockierende Phantasien die eigene Frau abstoßen und eine Ehe sogar zerstören können, kommen die Männer zu uns …

Aber die Frauen sollten für ihre Männer auch mal »Nutten« sein. Einerseits Partnerin, Vertraute, Freundin, Getreue, gute Ehefrau und Mutter – im Bett aber eine Hure. Das genießen beide, unter Garantie.

Um dabei ein bisschen nachzuhelfen, werde ich noch ein wenig aus dem Nähkästchen plaudern. Ich werde bestimmt keine Regeln predigen. Es geht mir nur um ein paar Fingerzeige, einfache Dinge, die diesem vergnüglichen Spiel zu zweit (oder zu dritt, zu viert, zu fünft …) mehr Würze verleihen.

Überraschungssex

Es gibt nichts Eigenartigeres als terminlich festgelegten Sex. Sicherlich verabrede ich mich mit meinen Kunden. Aber mit dem richtigen Partner ist es am schönsten spontan. Er sollte überrascht werden, unabhängig von Uhrzeit oder Ort (solange es nicht mitten in der Öffentlichkeit ist): im Bad, in der Küche, im Treppenhaus … Ein »verbotener« Ort mit dem Risiko, entdeckt zu werden, sorgt für einen Adrenalinstoß, der die Sinne schärft und einen alles viel intensiver erleben lässt.

Verführung

Jeden Samstag nach der Sportschau oder so – das wird auf die Dauer öde! Man muss eine Beziehung immer reizvoll gestalten, und dafür gibt es noch ein paar andere Tricks, wie z.B. Reizwäsche für die Frau (manchmal reichen auch schon Strapse, um den Partner anzuheizen) oder eine Verkleidung (Krankenschwester, Klempner, Stewardess …). Ein Strip für vier Hände (beide Partner ziehen sich gleichzeitig füreinander aus, immer abwechselnd ein Stück nach dem anderen) kann einander die Angst nehmen, sich lächerlich zu machen (ohnehin: Seit wann ist es lächerlich, den anderen zu verführen?).

Spielzeug

Der Besuch in einem Sexshop eröffnet eine neue Welt der Möglichkeiten – garantiert! Nein, dort gibt es nicht etwa nur Dildos. Obwohl die für den Anfang sehr interessant sein können – höher fliegt die Phantasie mit Handschellen, Augenbinden, Gerüchen und Stimulierungen des Tastsinns. In diesen Läden gibt es zudem einen Haufen anregender Gels, die das Spielchen wirklich heißer machen – ein guter Grund für eine Massage zu zweit, die gleichzeitig entspannt und anheizt. Ein guter Porno auf DVD kann die Zweisamkeit ebenfalls zum Glühen bringen.

Aber Vorsicht: Das alles dient vor allem dazu, das Vorspiel erregender zu machen, sich also einander auf einen heißen Fick einzustimmen. Das ganze Spielzeug nützt nichts, wenn man schon nach zwei Minuten zur Sache geht.

Intensität

Es gibt Menschen, die glauben, Sex sei immer so wie in den Pornostreifen: Der Typ rammelt erbarmungslos wie ein Presslufthammer auf den Asphalt. Es kann zwar sein, dass es so weit geht, aber nicht von Anfang an. Spaß macht es, die Intensität zu variieren – einmal ganz zärtlich, ein andermal wilder. Oder beides im selben Fick. Sex mit immer gleichem Drehbuch wird zur Routine.

Oralsex

Darf nie fehlen, für keinen von beiden! Eine stimulierende Abwechslung. Meine Lieblingsaktivität im Bett – egal ob ich ihn bediene (worin ich, in aller Bescheidenheit, sehr gut bin) oder ob ich bedient werde.

Fellatio

Es gibt Kunden, die im Scherz meinen, ich sollte den anderen Frauen darin Kurse erteilen. Gut, hier kommt ein Teil des Geheimnisses: Abwechselnd mit der Zunge ausgiebig rund um den Peniskopf spielen und ein bisschen saugen. Kein Gerubbel mit der Hand! Der Kick beim Oralsex besteht genau darin, alle anderen Möglichkeiten auszuschöpfen: die Lippen, die Zunge, die Zähne (nur sehr zart!), das Saugen (exakt so wie in der Vagina), den Mundinnenraum. Bei einem guten Schnuller benutzt die Frau die Hände nicht, sondern macht alles nur mit dem Mund.

Ich beginne immer mit einem Beutelschleck, weil die Hoden eine sehr empfindliche erogene Zone sind. Ich wechsle zwischen Lecken und leichtem Lutschen ab (Achtung: Die Hoden sind sehr empfindlich. Also Vorsicht, tun Sie ihm nicht weh). Dann gehe ich sehr langsam bis zum Penis hoch. Bei der Fellatio stelle ich mir vor, mein Mund sei eine Vagina und würde den Penis verschlucken. Das mache ich bewusst: Die Männer merken das und stellen sich vor, dass sie ihn in eine Vagina schieben, wissen aber gleichzeitig, dass sie in einem weiblichen Mund kommen werden. Der Oralsex muss feucht sein und die Zunge muss intensiv um den Penis kreisen. Wenn der Mann kommt, darf man sich nicht ekeln, sondern sollte so lange weiterlutschen, bis der letzte Tropfen herausgekommen ist.

Die Intensität der Fellatio variiert von Mann zu Mann und der individuelle Rhythmus muss herausgefunden werden. Einige mögen es sehr vorsichtig und langsam. Die anderen wollen es eher schnell. Um seine Vorlieben zu erkennen, macht man es einfach auf beide Arten und stellt fest, bei welcher das lustvolle Stöhnen intensiver ist und wann der Mann beginnt, sich zu winden.

Cunnilingus

Sie oral zu befriedigen ist ein bisschen komplizierter (Jungs, aufgepasst!). Immerhin 80% meiner Kunden haben mich auch geleckt, aber nur 10% wussten, was sie taten … Es ist richtig, dass ein guter Cunnilingus von Frau zu Frau sehr unterschiedlich ausfällt, weil jede auf eine andere Art und an anderer Stelle Lust empfindet. Aber das zu wissen ist schon Fortgeschrittenenniveau. Einige empfinden Lust an der Klitoris, andere an den großen Schamlippen, wieder andere in der Vagina. Also ist der beste Weg der von Versuch und Irrtum: Man lecke überall und achte auf die Reaktion. So ist die »Steckdose für die Glühlampe« schnell gefunden …

Natürlich ist auch hier die Intensität unterschiedlich. Einige Frauen ziehen ein sanftes Schlecken vor. Andere mögen es heftig, einschließlich ein bisschen Geknabbere (das bis zum Beißen gehen kann – hier bestimmt sie die Grenze). Bei mir muss es ein kräftiges, schnelles Lecken an der Klitoris sein. Und bitte keine weiche Zunge: Sie sollte sein wie mein Finger, wenn ich es mir selbst mache. Im *Blog* schreibe ich scherzhaft, dass es Männer gibt, die einen Cunnilingus so machen, als wären sie ein Hündchen mit einem Beefsteak im Maul: Sie beißen in die Schamlippen und schütteln dann ihren Kopf hin und her. Vielleicht gefällt das irgendeiner Frau, aber ich hasse es, wenn mir jemand in die Muschi beißt.

Ich sage immer, dass es drei Typen von Mösenlutschern gibt. Und ich habe natürlich meine Vorlieben. Wie ich sie klassifizieren würde? Den ersten nenne ich den Hund mit Kotelett im Maul. Das sind die Typen, die mit dem ganzen Gesicht in der Möse verschwinden und es dann hin und her schwenken. Häufig kann ich die Zunge gar nicht spüren, sondern nur die Nase. Mein Kommentar: Mich jedenfalls macht das absolut nicht an, im Gegenteil. Ich werde steif und starr, weil ich die ganze Zeit über fürchte, er könnte mich beißen oder mir wehtun.

Den zweiten Typen nenne ich Eis am Stiel. Er erinnert mich an ein Kind, das an einem Eis leckt, von unten nach oben und wieder zurück, ohne an einem bestimmten Punkt zu bleiben. Es ist zwar nicht ganz uninteressant, braucht aber eine gehörige Portion an Konzentration und Beckenbodengymnastik, um zum Orgasmus zu kommen.

Der dritte lutscht wie eine Frau. Jungs, lasst euch nicht entmutigen: Frauen sind Expertinnen, wenn es um das Lecken von Frauen geht. Ihr wollt wissen, wie's geht? Schwer zu erklären. Ihre Zunge findet genau den richtigen Punkt und hat die richtige Intensität, und ihr Finger fährt auf direktem Weg zum G-Punkt, dieser großen Unbekannten. Also, Jungs, wenn ihr eine Frau beim Cunnilingus glücklich machen wollt, traut euch, zu fragen. Wir erklären euch gern, wie's geht …

Wahrscheinlich liegt es daran, dass beim Cunningulus so viele weibliche Signale interpretiert werden müssen, dass meist eine Frau der anderen den besten Cunnilingus macht. Vielleicht auch daran, dass die Zunge sanfter ist und Frauen instinktiv den Weg kennen und die Körperreaktionen besser verstehen. Die beste Art für eine Frau, um den Punkt herauszufinden, an dem sie am meisten Lust empfindet, ist, sich selbst zu befriedigen. So muss sie dem Mann nur diesen Punkt zeigen!

Die beste Stellung ist natürlich die 69: Du gibst und erhältst gleichzeitig orale Lust. Dabei kann sie oder er oben sein (Vorsicht: Wenn er oben ist, fühlt er sich oft im Recht, zu pumpen, wie es ihm in den Sinn kommt) oder beide liegen auf der Seite.

Analsex

Mich fragen immer viele Frauen per E-Mail, wie sie lustvollen Analverkehr erleben können. Sie schreiben, dass sie heiß darauf seien, aber (verständlicherweise) den Schmerz fürchten, oder dass sie es schon probiert, aber nicht geschafft haben, es wirklich durchzuziehen. Mein Rat: Der Partner sollte auf dem Rücken liegen, sodass sie über ihm hocken und die Penetration, die

Bewegungen und den Rhythmus kontrollieren kann. Gel kann dabei zusätzlich helfen.

Den Männern gebe ich einen anderen Tipp: Sie sollten Geduld haben und der Frau das Kommando überlassen, sodass sie die Stellung bestimmt, an die sie schon gewöhnt ist (oder diese herausfindet, wenn sie noch Anfängerin ist). Wer schon Erfahrung hat, wird die Hündchenstellung vorziehen, weil sie der Frau am meisten Lust bereitet. Für Anfängerinnen ist sie aber nichts: Wenn der Mann ihn vollständig reinschiebt (wie es mir schon passiert ist), ist das sehr unangenehm …

Ein anderer Aspekt im Zusammenhang mit Analsex ist die Hygiene. Es ist nicht sehr angenehm, wenn beim Rausziehen am Gummi braune Spuren haften. Diese Art von Unfall kann mit Hilfe einer Vaginaldusche, wie es sie in Apotheken zu kaufen gibt, vermieden werden. Sie besteht aus einem birnenförmigen Gefäß aus Gummi mit aufgesetztem Plastikschlauch. Das Gummigefäß wird mit Wasser gefüllt, der Schlauch in den Anus eingeführt und das Wasser dann vollständig hineingepumpt. Anschließend das Wasser zusammen mit eventuellen Kotresten herauslaufen lassen. Es tut nicht weh und garantiert sauberen Analsex.

Wenn trotzdem eine »Panne« passiert, sollte der Mann trotz aller Peinlichkeit verstehen, dass dieses Loch immerhin ursprünglich für etwas anderes gemacht ist … Aber mit der Spülung verschwindet das Risiko fast ganz.

Noch ein Hinweis: Jungs, bitte nicht auf direktem Weg zum Hauptgericht! Die Frauen müssen wirklich Lust darauf haben und erregt genug sein, sodass zunächst an *ihre* Lust gedacht sein sollte. Viele Liebkosungen, ein ausgedehnter Cunnilingus, bis sie ganz entspannt ist – danach werden beide im siebten Himmel schweben. Denn wenn nur einer von beiden kommt, ist der Sex nicht vollständig.

Brunas fünfzehn Gebote

1 Im Bett liberal sein und keine Schamgrenzen kennen.
2 Alle Phantasien mit dem Partner ausleben und dabei respekt- und liebevoll miteinander umgehen. Und tauschen: heute deine Phantasie, morgen meine.
3 Zusammen in Sexshops gehen und Neuigkeiten erkunden. Auch ohne Kauf lohnt sich der Spaß.
4 Umgebungen variieren. Sex nur im Bett ist langweilig …
5 Intensität variieren: mal wie ein Liebespaar, mal wild, mal zärtlich, mal eilig …
6 Ausgedehntes Vorspiel, immer: Das ist das Interaktivste am Sex.
7 Niemals feste Tage, Uhrzeiten oder Routine (… erst Kuss, dann Cunnilingus, dann Fellatio, dann zur Sache usw. …).
8 Den Körper des Partners von Kopf bis Fuß erforschen und entdecken, was ihn anspitzt (Nacken, Füße, Bauch …).
9 Niemals etwas erzwingen – immer die Grenzen des Partners respektieren. Soll eine Grenze überschrit-

ten werden, dann nur nach intensivem Austausch und mit viel Zärtlichkeit.

10 Die Frau sollte immer zuerst kommen, denn danach ist sie zu allen Schandtaten bereit.

11 Wenn nicht klar ist, was und wie es dem Partner am besten gefällt: einfühlsam fragen.

12 »Danach« Zuneigung und Zärtlichkeit zeigen: plaudern, eine gemeinsame Zigarette rauchen oder einfach nur ineinander verschlungen liegen bleiben. Fertig werden, sich umdrehen und einschlafen ist wirklich das Letzte!

13 Keinen Orgasmus vortäuschen, nur um dem Partner zu gefallen. Wenn's nicht geklappt hat, ist das eben so.

14 Neue Stellungen ausprobieren. Keinesfalls tagein, tagaus die Missionarsstellung praktizieren.

15 Bei einem Fetisch, der den Partner unter Garantie schockiert oder dazu führt, von ihm für pervers gehalten zu werden, sollte man zur Befriedigung besser eine(n) Sexarbeiter(in) aufsuchen.

Nachwort

Bruna Surfistinha beendete ihre Laufbahn als Callgirl noch vor ihrem 21. Geburtstag. Unter ihrem bürgerlichen Namen Raquel Pacheco studiert sie heute Psychologie. Ihr Online-Tagebuch führt sie weiter und hofft, darin eines Tages über ihre Hochzeit mit Pedro und ihr gemeisames Kind berichten zu können. »Ich hatte das große Glück, den Mann meiner Träume kennenzulernen, während ich noch als Prostituierte arbeitete. So ein Happy End ist nicht jedem vergönnt.«